KB248689

장미화분

장미화분

초판 1쇄 발행 2012년 12월 24일

지은이 김현
펴낸이 강수걸
펴낸곳 산지니
편집 양아름 권경옥 손수경 윤은미
디자인 권문경
등록 2005년 2월 7일 제14-49호
주소 부산광역시 연제구 거제1동 1498-2 위너스빌딩 203호
전화 051-504-7070 | 팩스 051-507-7543
홈페이지 www.sanzinibook.com
전자우편 sanzini@sanzinibook.com
블로그 http://sanzinibook.tistory.com

©김현, 2012
ISBN 978-89-6545-207-2 03810

*책값은 뒤표지에 있습니다.
*본 도서는 2012년 부산문화재단 지역문화예술육성지원 사업의
 일부지원으로 제작되었습니다.
*이 도서의 국립중앙도서관 출판시도서목록(CIP)은 e-CIP 홈페이지
 (http://www.nl.go.kr/ecip)에서 이용하실 수 있습니다.
 (CIP 제어번호: CIP 2012005866)

장미화분

김현 소설집

산지니

차례

장미화분

"자, 따라 읽어 보세요."

이번 시간에 배울 단원은 '10분쯤 끓이다가 파하고 같이 넣어'
다. 한글 강사인 김 선생님이 가는 막대기로 칠판에 써 놓은 글
자를 한 자 한 자 짚어 가며 읽어 주었다. 무료로 교재를 나눠 주
는데다 수강료는 물론 받지 않는다. 그런데도 시댁 식구들의 협
조가 잘 이뤄지지 않아 나 같은 결혼이민 여성들의 참여율이 낮
다고 한다. 하긴 나도 사정이 좋은 편은 아니다. 지금은 치덕이
집에 없어서 그렇지, 있을 때는 도서관에 가는 날마다 신경전을
벌여야 했다. 치덕도 형과 결혼했던 여자가 한글공부 하러 다니
다 만난 친구의 꾐에 빠져 도망쳤다며 한사코 막으려 했다.

오늘도 메이는 보이지 않는다. 메이는 열아홉 살에 인도네시아에서 시집왔는데 두 달 전부터 수업에 나오지 않고 있다. 김 선생님이 메이의 집에 찾아갔더니, 집을 나갔다며 오히려 선생님에게 메이가 있는 곳을 알고 있는지 묻더라고 했다. 메이는 남편이 결혼하면 매달 친정으로 삼십만 원씩 보내 주기로 약속했는데 딱 두 번 보내 주고는 모른 체한다며 만날 때마다 불평을 했다. 친정에서는 이곳 사정도 모르고 왜 돈을 보내지 않느냐고 성화여서 미칠 지경이라는 말도 했다.

메이는 하루가 멀다 하고 남편과 다투더니 결국 견디지 못하고 집을 나간 것 같았다. 가출할 당시 메이는 임신 중이었는데, 특별한 일이 없었다면 지금쯤이면 아기를 낳았을 것이다. 아는 사람도 없는 낯선 나라에서 어떻게 아이를 낳았을지 걱정이다. 보호시설의 도움을 받았다면 그나마 다행이겠지만 아이를 데리고는 일을 할 수 없을 테니 앞으로의 생활이 더 문제다. 메이를 닮았다면 예쁠 텐데 남편은 자기 자식이 태어난 줄도 모르고 있을 것이다.

치덕도 지금 어디에선가 수지를 보고 싶어 할까. 나에게 수지가 없었다면 이런 상황을 어떻게 버텨 낼 수 있었을까 싶다. 등 뒤에서 이웃들이 손가락질을 하며 수군거리는 것이 느껴질 때도 수지를 생각하며 이를 악물었다. 나는 어떻게 되어도 좋다.

그러나 수지만은 누구에게도 무시당하거나 손가락질 받지 않는 당당한 한국여성으로 키워 내고야 말겠다. 치덕이 수지와 나를 영영 모른 체한다 해도 메이처럼 도망치지 않겠다. 어차피 나에게는 돌아갈 집도, 기다리는 부모나 형제도 없다. 언젠가 너무 힘이 들어 고향집으로 돌아가고 싶다고 했더니 엄마는 절대 안 된다며 펄쩍 뛰었다. 지나가는 말로 했을 뿐인데도 제정신이냐며 완강하게 말렸다. 엄마는 내가 얼마나 힘이 드는지는 관심이 없어 보였다. 내 처지가 죽고 싶을 만큼 절박하다 해도 그보다는 다달이 오던 돈이 끊길까 봐 걱정했다. 메이를 떠올릴 때마다 돈 때문에 한국으로 시집보낸 메이와 내 부모가 모두 원망스러웠다.

오랜만에 나온 썸낭이 나를 향해 '보파 안녕' 하고 눈을 찡긋했다. 반가운 마음에 나도 얼른 손을 흔들었다. 수업이 시작 되자 강사 선생님이 큰소리로 먼저 읽었다.

자넷: 어머니 오늘 저녁에는 무엇을 할까요?

시어머니: 글쎄……. 음, 된장찌개가 좋겠다.

자넷: 된장찌개요? 어떻게 만들어요? 안 만들어 봤어요.

시어머니: 먼저 냄비에 물과 멸치를 함께 넣고 끓여.

　　　물이 끓으면 멸치를 건져 내고 된장을 넣어.

자넷: 아, 네.

시어머니: 그리고 나서 호박, 버섯, 두부를 넣어.

자넷: 마늘은 안 넣어요?

시어머니: 10분쯤 끓이다가 파하고 같이 넣어.

예문은 필리핀 며느리와 한국 시어머니의 대화였다. 강사 선생님이 조선족 두 명에게 조용히 하라며 주의를 주었다. 수업 때마다 소곤거려서 한두 번 지적당한 게 아닌데도 여전했다.

"자, 다시 한 번 천천히 읽어 보세요."

선생님 입 모양을 따라 애를 써 보지만 마음먹은 대로 발음이 되지 않는다. 받침이 있는 단어는 더 어렵다. 언제쯤 자연스럽게 내 감정을 표현해 볼 수 있을지 모르겠다. 치덕은 내가 한국에 시집온 외국 여성들과 어울리는 것을 좋아하지 않았지만 결코 한글공부만은 포기할 수 없었다. 생각해 보면 치덕이 집을 나간 것도 나와 말이 안 통해서일지도 모른다는 생각이 들었다. 형과의 일만해도 불시에 당한 일이라고 아무리 설명해도 치덕이 내 말을 알아들을 리 없었다. 내가 치덕의 말을 이해하지 못해 답답해하는 만큼 치덕도 나를 답답해했다. 치덕과 내가 같은 언어를 사용했다면 이 꼴이 되지는 않았을지 모르겠다. 얼마든지 이해하고 넘어갈 작은 일들도 치덕과 나는 다투게 되었다. 말이 통했더라면 공장에서 우연히 만난 쏘반 때문에 오해받는 일도 없었을 것이다.

고향 친구인 쏘반을 만난 건 정말 뜻밖이었다. 한국에서 만난 것도 놀랄 일이었지만 내가 일하고 있는 공장에서 만난 것은 기적 같았다. 출근 첫날 화장실 앞에서 쏘반을 만났는데, 처음엔 내가 사람을 잘못 본 줄 알았다. 쏘반도 나만큼 놀란 표정이었지만 일을 찾아 한국에 왔다며 손을 잡고 반가워했다. 치덕이 오해하고 있는 것처럼 쏘반이 나를 찾아 한국으로 왔을 가능성은 손톱만큼도 없었다.

아까부터 뭔가 할 말이 있는 것처럼 내 쪽을 흘깃거리던 썸냥이 옆으로 와서 앉았다. 여전히 짙은 화장에 야한 옷차림이었다. 빨갛게 매니큐어를 칠한 손톱이 어찌나 긴지, 찔리면 심하게 상처가 날 것 같았다. 옷차림 때문에 남편과 여러 차례 다투었다 했는데도 변화가 없었다.

"공부 끝나고 백화점 가는데 같이 가자."

썸냥이 한 손으로 입을 가리고 속삭였다. 썸냥이 말을 할 때마다 싸구려 향수 냄새가 역하게 코를 찔렀다.

"웬 백화점은, 돈이 어디 있어서?"

"돈 있어. 신랑한테 생활비 받았어. 예쁜 옷도 사고 구두도 사고 귀고리도 살 거야."

썸낭은 소풍 가기 전날의 어린아이처럼 들뜬 표정으로 재잘거렸다. 내 형편 따위는 안중에도 없는 썸낭이 야속하고 섭섭했지만 탓할 수 없었다.

썸낭의 남편은 지하철을 타고 다니면서 행상을 한다. 여름에는 토시나 햇볕가리개용 밀짚모자를 팔기도 하고 다른 계절에는 허리보호대 같은 값싼 의료기를 팔 때도 있다. 물건을 떼 올 때 약간의 밑천이 필요하지만 팔기만 하면 제법 수입이 괜찮은 편이라 했다. 집도 작은 아파트가 있고 시부모도 잘 대해 준다고 했다. 말대로라면 썸낭은 한글교실 반의 여성들 중에 결혼을 잘한 편에 속했다. 그런데도 썸낭은 남편을 싫어했다. 남편이 전처와의 사이에 자식을 두 명이나 두었다는 사실을 숨긴 것 때문이었다. 딸은 전처가 맡고 아들만 함께 살고 있었는데, 썸낭이 한국에 와서야 이 사실을 알게 되었다고 했다. 한 번 결혼했던 것도, 자식이 있는 것도 감쪽같이 몰랐다고 했다. 처음엔 남편과 시댁 식구들이 미안해하더니 이제는 아예 미안해하지도 않는다며 분개했다. 가끔 썸낭의 행동이 지나치다는 생각도 들었지만 이해가 되기도 했다.

"그리고 이건 비밀인데, 아무한테도 말하지 마. 나, 오늘 백화점 갔다가 집에 안 들어갈 거야. 그래서 마지막으로 너랑 밥 먹고 얘기하고 싶었어. 결심했어."

"뭐?"

나도 모르게 목소리가 커졌다. 썸낭이 얼른 손으로 내 입을 가렸다.

"갈 데도 없잖아. 그리고 남편이 금방 찾아낼 텐데 어딜 가?"

"상관없어. 어차피 그 남자는 나, 사랑하지 않아. 나도 그 남자, 사랑하지 않아. 그리고 나, 혼자 살 수 있어. 남편 필요 없어."

단호하게 말하는 썸낭의 얼굴이 굳어졌다. 나는 무슨 말을 해야 할지 몰라 썸낭을 빤히 쳐다보았다.

수업이 끝나려면 아직 멀었는데 수지가 갑자기 잠을 깨서 울기 시작했다. 얼른 일어나 수지를 안고 복도로 나왔다. 기저귀가 많이 젖었는지 바지 밑이 축축했다. 지하방이라 기저귀 널 데가 마땅치 않아 말리기가 쉽지 않았다. 어떨 땐 미처 마르지도 않은 기저귀를 갖다 대면 찬 기운에 자지러지게 울기도 했다. 나같이 못난 엄마를 만난 수지에게 늘 미안하고 마음이 아프다. 내 나라 남자와 결혼해서 수지를 낳았다면 넘치는 사랑을 받았을 텐데. 치덕은 수지가 나처럼 가무잡잡한 피부인 것도 싫다고 했다. 기저귀를 갈아 채우고 우유병을 물렸더니 금방 울음을 그치고 다시 잠이 들었다. 눈을 감고 있는 수지의 얼굴 위에 치덕의 모습이 스쳐 지나갔다.

수지를 임신하고 있었던 동안 밥 외에 내가 먹은 음식이라고는 딱 한 번 먹은 잡채뿐이었다. 잡채도 시아버지가 먹고 싶다고 해서 사 왔는데 갑자기 외출하는 바람에 내 차지가 되었다. 치킨이 먹고 싶다고 여러 번 말했지만 치덕은 한 번도 사 주지 않았다. 한국에 온 이후로 치덕은 내게 돈을 주지 않았다. 준다고 해도 기껏 하루치의 찬거리 값 정도에 지나지 않았다. 치덕은 집에서 20분 정도 걷는 거리에 있는 5층짜리 아파트에서 경비 일을 했다. 24시간씩 교대로 해서 이틀에 하루는 집에서 쉬었다. 치덕과 한 조인 아저씨는 칠십이 다 된 나이에 한쪽 다리를 절었다. 내가 장바구니를 들고 지나가면 무겁지 않은지 물어보고 안쓰럽게 바라보곤 했는데 치덕은 그런 때조차도 싫은 티를 드러냈다. 내가 한국에 와서 가 본 곳이라고는 공장과 도서관과 슈퍼마켓뿐이다. 공장에 나가기 전까지는 하루 종일 집 안에 갇혀 있다 장 보러 가는 것이 유일한 외출이었다. 슈퍼마켓에는 나처럼 한국남자와 결혼한 외국인 여자들이 가끔 눈에 띄었다. 대부분 나처럼 작고 마른 몸으로 아기를 업고 있거나 배가 불러 있었다.

치덕의 첫인상은 조용하고 신중해 보였다. 나보다 열다섯 살이나 더 많다는 사실이 믿어지지 않을 만큼 피부가 팽팽하고 마음도 여렸다. 여자로서 보통 키인 나보다 별로 커 보이지 않은 작은 키에, 머리는 갓 마흔을 넘긴 나이답지 않게 심한 대머리였지만 웃는 모습만큼은 선량해 보였다. 수지와 나를 내팽개친 지금의 모습을 상상하지 못했다. 하긴 조금만 주의를 기울였다면 알아챘을 수도 있었겠지만 당시에는 깊이 생각할 겨를이 없었다. 선을 보는 자리에서 바로 나를 마음에 들어 했고, 나 역시 치덕이 크게 싫지 않았다. 무엇보다 소개를 시켜 준 결혼정보회사의 사장이 빨리빨리 결정을 하라고 다그쳤다.

치덕을 만나고 미처 얼굴을 익힐 겨를도 없이 회사에서 잡아 놓은 허름한 호텔에서 첫날밤을 치렀다. 체류기간이 길어지는 만큼 경비가 부담되는 이유 때문이라고 했다. 개중에는 만난 첫날, 바로 첫날밤을 치루는 경우도 있다고 들었다. 한국에서 온 남자들은 자신들이 부담해야 되는 경비에 대한 압박 탓인지 지나치게 예민하게 굴었다. 다음 날 치덕은 한국으로 돌아갔고 나는 다니던 공장을 그만두고 치덕의 초청을 기다렸다.

공항에 마중 나온 치덕은 선보러 왔을 때의 모습과 너무 많이 달라져 있었다. 헝클어진 머리에 낡은 남방셔츠, 그리고 아래는 구겨진 작업복 바지를 입고 있었다. 넥타이를 맨 깔끔한 양복 차림의 석 달 전 모습은 찾을 수 없었다. 그나마 그의 표정에서 나를 기다리고 있었던 게 보여 마음이 놓였다. 무거운 가방을 들고 버스를 세 번이나 갈아타면서 거의 두 시간을 흔들려서야 치덕의 집에 도착했다. 치덕의 집은 한눈에 보아도 지은 지 오륙십

년은 되었을 것 같은 낡은 주택이었다. 1층은 주인집이고 방이
두 개인 2층에 세를 들어 살고 있었다. 오래전에 홀아비가 된 시
아버지가 방 한 칸을 차지하고, 형이 남은 한 칸을, 싱크대가 붙
어 있는 거실 겸 주방이 치덕의 거처였다. 형이 쓰던 방이 치덕과
나의 신혼방이 되고 어쩔 수 없이 형이 거실로 나가게 되었다.

　치덕의 직장은 알고 있지만, 월급이 얼마인지는 아직도 모른
다. 치덕이 말해주지 않아 달리 알 방법이 없었다. 결혼하고 6개
월쯤 지났을 때 용기를 내서 물어보았지만, 치덕은 끝내 대답해
주지 않았다. 대신 시아버지에게 이튿날 심하게 야단을 맞았다.
시아버지는 나에게 도둑년이 따로 없다며 몰아붙였다. 그 뒤로
는 아예 물어볼 엄두도 내지 못했다. 언니에게 하소연을 했더니,
한국남자라고 다 그런 건 아닌데 왜 그런지 모르겠다며 걱정했
지만 그뿐이었다. 형부가 매달 한 푼도 빼지 않고 가져다주는 월
급을 받으며 사는 언니가 이해할 리 없었다. 고작 위로한다는 말
이 농촌이나 어촌 남자를 만났으면 죽도록 몸 고생을 할 텐데,
편한 도시생활을 하고 있으니 그나마 다행으로 여기라고 했다.
하긴 결혼하기 전, 고향집 이웃친구가 한국 농촌에 시집을 가서
힘든 농사일 때문에 못살겠다고 부모에게 하소연한다던 말이
떠올랐다. 시아버지도 같은 말을 했다. 집에서 빈둥빈둥 놀면서
세 끼 밥 얻어먹는 것을 고마워하라고.

미싱 일을 하기 전엔 목욕비도 언니에게 얻어 썼다. 사실 목욕탕엘 가는 것도 손에 꼽을 정도였다. 언니만 믿고 내가 여기까지 와서 고생을 한다 싶다가도, 치덕도 없는데 언니 아니면 여기서 어떻게 살까 싶기도 했다.

어렸을 때부터 성격이 활달하고 책임감이 강했던 언니는 미싱 일을 해서 번 돈을 집에 다 내놓았다. 나도 언니를 따라 중학교 졸업도 하기 전에 공장에 취직했다. 언니는 지금의 형부와 결혼식을 올리는 전날에서야 비로소 가족들에게 알렸다. 어차피 부모의 의견은 별로 중요하지 않았다. 아버지는 오히려 반기는 눈치였다. 신랑 될 한국남자가 어떤 일을 하며 한 달에 받는 월급이 얼마인지를 더 궁금해했다. 그때 내 눈에 비친 부모님의 반응은 마치 언니가 한국으로 돈 벌러 가는 분위기였다.

그런 언니가 5년째 한국에서 아들딸 낳고 매달 꼬박꼬박 집으로 송금해 주는 돈을 받는 걸로 부모는 잘살고 있다고 믿고 있었다. 고향집 이웃들은 딸을 한국에 시집보낸 엄마 아버지를 부러워했다.

엄마와 아버지는 언니가 보내 주는 돈으로 일을 하지 않고도 편하게 살 수 있었다. 돈 쓰는 재미를 알아 버린 부모와 동생들은 언니가 보내 주는 적지 않은 돈도 성에 차지 않아 하는 눈치였다.

나도 한국에 오기 전까지는 그동안 언니가 보내 준 돈이 하루 종일 다리가 붓도록 재봉틀을 돌려서 번 돈일 줄 생각조차 못했다. 한국남자에게 시집 잘 가서 여유 있게 호강하며 부담 없이 보내는 줄로만 생각했다. 돈 때문에 어려워하는 나에게 언니도 속엣말을 했다. 형부가 월급을 몽땅 가져다주어도 가족들의 생활비를 제하면 고향에 보낼 여유는 없어 일을 하지 않을 수가 없었다고 했다.

언니가 보내오는 돈에 재미를 붙인 부모는 어느 날 불쑥, 나에게도 한국으로 시집갈 마음이 없느냐고 물었다. 물어본다고 했지만 당장이라도 한국으로 시집가서 매달 언니만큼 돈을 보내라고 윽박지르는 것처럼 느껴졌다. 그날 밤, 나는 한국남자와 결혼하겠다는 결심을 했다. 부모가 뭘 원하는지 알아 버린 마당에 모르는 척 버티고 있을 자신이 없었다. 한편으론 한국남자와의 결혼생활에 대한 호기심도 생겼다. 다행히 나도 언니처럼 미싱 기술이 있어서 한국에 가서도 돈을 벌 수 있을 것 같았다. 그렇게 결심을 하고 나니 하루라도 빨리 언니가 살고 있는 한국으로 가고 싶었다. 나는 다음 날 언니에게 내 결심을 전하고 결혼정보 회사에 등록했다. 내 말을 들은 언니는 잠깐 놀라는 기색이었지만 잘 결정했다며 격려해 주었다.

수업이 끝나고 김 선생님이 나와 썸낭에게 같이 점심을 먹자
며 불렀다. 선생님은 이곳 결혼이주여성을 위한 한글공부 교실
에 와서 언니의 소개로 만났다. 우리들이 시댁이나 남편과의 갈
등 때문에 힘들어할 때마다 따뜻하게 위로해 주고 조언도 해 준
다. 언젠가 일을 하고 임금을 받지 못해 애를 태우는 베트남 여
성을 보고는 며칠을 뛰어다녀서 월급을 받아 준 적도 있다. 썸낭
은 일이 있다며 가 버리고 선생님과 나는 도서관 근처의 분식집
으로 들어갔다. 썸낭이 했던 말이 마음에 걸렸지만 그녀를 따라
갈 형편이 아니었다. 종업원이 메뉴판을 가져와서 선생님은 비
빔밥을 시키고 나는 물국수를 주문했다.

좋아하는 꿰띠오를 고향에서는 거의 매일이다시피 먹었지만
이곳에 와서는 제대로 먹어 보지 못했다. 시댁 식구들이 싫어했
기 때문이었다. 내가 보기엔 잔치국수와 별반 다를 게 없는데도
가족들은 절대 꿰띠오를 먹으려 하지 않았다. 쇠고기 고명까지
얹어 정성 들여 만든 꿰띠오를 한입 물던 치덕의 형은 구정물을
마신 것처럼 우웩하는 소리까지 지르며 화장실로 달려갔다. 마
치 동물들에게나 던져 줄 이따위 음식을 사람이 어떻게 먹느냐
하는 태도로 보였다. 정작 음식보다 내 존재 자체를 부정하는
뜻으로 여겨져 마음이 복잡했다. 당황해하는 나를 향해 치덕이
잠깐 난처한 표정을 지었지만 미안해하는 것 같지는 않았다. 덕

분에 나는 식구들이 손도 대지 않고 남긴 꿰띠오를 혼자 다 먹어치워야 했다. 치덕의 무관심은 음식에서뿐만 아니라 다른 일에서도 시아버지나 형보다 나을 것이 없었다. 결혼해서 2년이 지난 지금까지 나에게 다정했던 기억은 고향에서 선을 보던 첫날밖에 없었다.

"보파, 힘들죠? 혼자 어떻게 지내요?"

김 선생님이 젓가락을 건네주며 걱정스레 물었다. 선생님의 다정한 위로를 받으니 나도 모르게 눈물이 나왔다. 김 선생님이 얼른 휴지를 건네주었다.

"남편은 아직 소식도 없어요? 그래서 수지 우윳값과 생활비는 어떻게 해요?"

김 선생님은 시댁에서 도와주는지도 물었다. 치덕이 집을 나가고 얼마 동안은 통화를 할 수 있었다. 그것도 매번 내가 걸어야 그나마 목소리라도 들을 수 있는 형편이었지만 2주일을 넘기면서부터는 아예 전화를 받지 않았다. 한 달이 될 무렵부터는 번번이 결번이라는 소리만 나왔다. 시댁에서 모른 체한다는 말을 하려니 분노가 머리끝까지 치밀었다. 김 선생님에게 주민자치센터와 지역구호단체에서 쌀 십 킬로그램과 보조금 삼십만 원을 받았다는 말도 했다. 동네 부녀회에서 수지의 옷과 유모차를 재활용품에서 구해 주었다고 하니 마치 자기 일처럼 기뻐했다. 그러나 몸이 아파도 돈 때문에 병원에 가지 못한다는 말은 선생님께 차마 하지 못했다.

"당분간은 이렇게 지낸다 해도 앞으로가 문젠데, 어떻게 해야 할지 나도 잘 모르겠네."

김 선생님이 휴우, 하고 한숨을 쉬었다. 언젠가부터 나는 치덕이 영영 돌아오지 않을지도 모르겠다는 생각을 했다. 나는 고사하고 수지조차 잊은 것 같은 걸 보면 치덕이 돌아올 희망은 없어 보였다. 기댈 데라고는 언니밖에 없는 낯선 이곳에서 살아갈 생각을 하면 겁부터 나지만, 언제까지 이웃에게만 의지할 수는 없는 노릇이었다. 그동안은 수지가 너무 어려서 일을 쉬었지만 다음 주부터는 다시 공장에 나갈 계획이었다. 고맙게도 수지는 언니의 시어머니가 돌봐 준다고 했다. 나는 걱정하지 말라고 김 선생님을 안심시켰다.

"시아버지도 수지 아빠가 어디 있는지 정말 모른대요?"

"모른다고 해요. 그런데 알아도 말 안 해 줄 거예요."

"세상에 그런 말이 어디 있어요? 그럼 수지와 보파는 어쩌라고."

김 선생님이 아무리 걱정해도 소용없다는 걸 나는 알고 있었다. 치덕이 집을 나간 날부터 시아버지는 못된 며느리가 내 아들까지 내쫓았다는 말을 하루에도 몇 번씩 해 댔다. 시아버지의 욕

설을 듣다 보면 내가 정말 치덕을 집에서 쫓아낸 것만 같은 착
각이 들 때도 있었다. 그러나 시아버지가 화를 내는 이유는 치덕
이 집을 나간 문제보다 정작 다른 데 있다는 것도 나는 알고 있
었다. 바로 내가 버는 돈 때문이었다. 시아버지는 내가 공장에서
번 돈을 고향에 보내는 것을 계속 못마땅해했다. 결혼을 했으니
이곳에서 번 돈은 당연히 시댁 가족에게 내놔야 한다는 뜻이었
다. 나도 월급날마다 죄인이 된 것처럼 시아버지 눈치를 보고 싶
지 않았다. 하지만 치덕이 약속을 어기고 돈을 보내 주지 않으니
나라도 보내야 했다. 고향집에서는 며칠만 송금이 늦어져도 빚
쟁이처럼 독촉을 했다. 치덕도 다툴 때마다 돈 얘기를 꺼냈다.

"널 데려오는 데 돈이 얼마나 들었는지 알아? 자그마치 이천
오백만 원이라는 거금이 들었어. 네가 한국 돈 가치를 잘 모르는
모양인데 우리 식구들이 살고 있는 집 전세금이 삼천만 원이야.
그러면 그 돈이 어느 정돈지 이제야 알겠지?"

패악을 부리던 치덕의 모습이 생생하게 떠올라 가슴이 떨
렸다.

식사가 끝날 무렵, 카운터에 앉아 있던 종업원이 하품을 하며
텔레비전을 켰다. 붉은 장미꽃이 화면을 가득 채우고 있었다. 장
미는 방금 누군가의 몸에서 흘러나온 피처럼 색깔이 선명했다.
장면이 바뀌자 머리에 수건을 쓰고 앞치마를 두른 여자들이 바

구니에 장미를 따 담고 있었다.

'오랫동안 이 일을 해 온 사람은 손이 엉망이 돼요. 늘 가시에 찔려서 피가 나고 상처가 생기거든요.'

텔레비전 속에서 키가 작고 놀란 것처럼 눈을 동그랗게 뜬 여자가 양손을 들어 보이며 말하고 있었다.

"형은……."

화면에서 눈을 뗀 김 선생님이 말끝을 흐렸다. 나는 김 선생님이 무얼 물어보려고 하는지 알 것 같았다.

치덕의 형은 사사건건 치덕이 하는 말이나 행동에 제동을 걸고 나무랐다. 그럴 때마다 치덕은 엄마한테 벌을 받는 유치원생처럼 긴장하거나 위축되었다. 지나치게 형을 어려워하는 것이 나로서는 이해되지 않았지만 깊게 생각하지 못했다. 이유를 알게 된 건 시간이 한참 지나서였다.

자라 오는 동안 늘 말썽을 일으켜 결국엔 중학교도 중퇴한 형은, 자신에 비해 칭찬과 사랑을 훨씬 많이 받은 치덕을 늘 미워했다. 부모님이 없을 땐 머리를 쥐어박거나 때론 밥그릇을 뺏을 때도 있었다고 했다. 치덕에 대한 형의 비뚤어진 시기와 질투는 내가 한국에 오고 나서 더욱 심해졌다. 수지를 임신했을 때에도 형 앞에서는 맘 놓고 좋아할 수조차 없었다.

치덕의 형도 나와 같은 캄보디아 여성과 결혼한 적이 있다고 했다. 채 일 년도 못 되어 헤어졌는데, 여자가 어느 날 집을 나가 버렸다고 했다. 집을 나가고 얼마 지나지 않아 결혼 전에 사귀던 캄보디아 애인과 함께 살고 있다는 소문을 들었다고 했다. 나에게서 헤어진 아내의 모습을 엿보기라도 했을까. 형은 내가 하는 모든 일에 트집을 잡고 느물거렸다. 치덕이 나에게 조금만 따뜻하게 대해 주려 해도 형은 불같이 화를 내거나 식사에 손도 대지 않았다. 그럴 때마다 치덕은 손이 발이 되도록 빌었고, 나는 영문도 모른 채 따라 빌었다. 집안에 난리가 나도 시아버지는 마치 남의 일을 보는 것처럼 관심도 보이지 않았다.

수지가 뱃속에서 5개월 때 분가하기까지 좁은 집에서 하루 종일 형과 얼굴을 맞대고 있어야 하는 것은 고문을 당하는 것보다 더 힘들었다. 형은 나와 둘이 있게 되면 노골적으로 희롱을 했다. 목이 뻐근하다는 핑계를 대며 어깨를 주물러 달라거나 설거지를 하고 있는 등 뒤에서 갑자기 허리를 껴안기도 했다. 당황한 내가 화를 내면 '너도 나를 좋아하고 있지' 하는 어처구니없는 말을 했다. 시아버지와 치덕이 밤늦게 들어오는 날에는 영화구경이나 외식을 하자며 밖으로 끌고 나가려고 했다. 치덕에게 말을 할 수도 없어서 형과 한집에 사는 일이 마치 지옥처럼 느껴졌다. 그리고 그 일이 일어났다.

그날은 치덕이 근무하는 날이었는데, 하필 시아버지가 친구

집 문상을 가고 집에는 나와 형만 남아 있었다. 마음속으로 형이 치근덕거리면 어떻게 하나 싶어 걱정이 되었다. 겉으로 티를 낼 수도 없어서 일찍 저녁을 해 먹고 방에서 드라마를 보며 시간을 재고 있었다. 그날 따라 금방 온다던 시아버지도 자정이 될 때까지 돌아오지 않았다. 옷을 입은 채로 잠깐 잠이 들었지만 잡다한 꿈만 꾸다 새벽을 맞았다. 눈을 반쯤 감은 채 화장실에 가려고 방문을 여는데 형이 문 앞에 서 있었다. 하마터면 '도둑이야' 하고 소리칠 뻔했다. 순간 형이 달려들어 벌린 입을 다물지 못하고 놀라 서 있는 나를 바닥에 밀어 눕혔다. 그런 와중에도 나는 뱃속의 아기가 다칠까 봐 걱정이 되었다. 형이 한 손으로 내 입을 틀어막으며 다른 손으론 치마를 끌어내려 벗기고 몸 위에 올라탔다. 입에서 시큼한 술 냄새가 났다. 나쁜 일은 겹쳐 오는 법인지 그때 마침 치덕이 경비 일을 마치고 돌아왔다. 놀란 형이 옷도 미처 꿰지 못하고 시아버지 방으로 들어갔고 엉겁결에 나는 화장실로 들어갔다.

"네가 먼저 유혹했다면서?"

"무슨 말이에요?"

"몰라? 형과 네가 한 짓 말이야. 네가 먼저 꼬리 쳤다고 하던데?"

"당신 형이 어떤 사람인지 알면서 지금 그 말을 믿고 나를 의 심해요?"

치덕은 밤이면 나를 발가벗겨 세워 두고 비아냥거렸다. 어처구니없는 치덕의 추궁을 받고 있으면 나에게 벌어지고 있는 일이 현실 같지 않았다. 마치 잔인한 영화를 보고 있는 기분이었다.

"이렇게 되면 지금 네 뱃속에 든 아이가 형 자식일 수도 있다는 거잖아!"

치덕은 마치 이런 순간을 기다려 왔다는 듯, 집요하게 나를 괴롭혔다.

"어떻게 그런 말을 해요? 그날 일은 몇 번이나 말했지만 형이 강제로 한 짓이에요. 당신이 본 대로 나는 저항했고 아무 일도 일어나지 않았어요. 정말이에요. 나는 당신 형이 싫어요. 죽이고 싶어요."

"하긴, 너를 처음 봤을 때 어느 정도는 짐작했어. 하지만 이렇게 빨리 확인시켜 줄 줄은 몰랐어."

첫날밤, 치덕은 방에 들어서자마자 불도 끄지 않고 나를 침대로 몰았다. 남자와 잠자리를 하는 것이 처음이었던 나는, 미처 숨도 고르기 전에 조급하게 몰아치는 치덕의 행동이 무섭고 당황스러웠다. 여리게 보이는 겉모습과 달리 치덕의 어디에 그런 난폭함이 숨어 있었는지 도통 알 수 없었다. 낮과는 다른 사람 같았다. 몇 번의 격렬한 동작 후 치덕이 내 몸 위에서 성급하게 사정을 하고 있을 때, 부릅뜬 망막 위로 언니의 얼굴이 떠올랐다. 언니는 내가 나이 든 남자와 결혼하겠다는 말을 했을 때 견딜 수 있겠느냐고 물었다. 그때는 몰랐던 언니의 말이 무슨 뜻인지 알 것 같았다. 치덕이 집을 나갔을 때 한편으로는 밤에 시달리지 않아도 된다는 생각에 마음이 놓였다.

"어차피 너도 처음은 아니었잖아. 너 같은 여자들이 왜 별 볼 일 없는 나 같은 한국 남자들과 결혼하려는지 훤히 알고 있어. 결국 편하게 살고 싶은 속셈 때문이라는 걸 말이야. 거기다 너희 부모들도 여기서 보내 줄 돈을 바라고 떠민 거잖아. 왜, 내 말이 틀렸어? 틀렸으면 틀렸다고 해 봐. 막말로 네가 깨끗한 몸으로 나를 사랑해서 결혼한 것도 아니잖아. 대답해 봐. 대답해 보라고, 개 같은 년."

치덕이 아무리 난리를 쳐 대도 바로 코 닿을 곳에 형과 시아버지가 자고 있다는 생각을 하면 소리를 지를 수도 없었다. 치덕은 밤에는 짐승처럼 굴다가도 아침이 되면 천연덕스럽게 부드럽고 온화한 얼굴을 했다. 언니한테조차 말을 할 수 없어서 내가 조금씩 죽어 가고 있는 것처럼 느껴졌다.

꿰띠오를 만들어 먹으려고 냄비에 물을 붓고 가스를 켜는데,

화분에 물 주는 걸 잊고 있었다는 생각이 났다. 물뿌리개에 물을 채우고 부엌바닥에 있는 화분을 들어 올렸다. 장미는 잎이 싱싱하고 뿌리도 튼튼했다. 조금 있으면 몽우리를 맺고 꽃을 피울 것이다. 하루 중 가장 어둡고 추운 새벽에 최상의 향기를 낸다는 크로아티아 장미. 최고의 장미를 얻기 위해 사람들은 혹독한 추위를 견디며 작업을 한다지. 한국으로 오기 전날, 엄마는 가방 속에 넣어 둔 씨앗을 보고 그까짓 것을 왜 가져가느냐고 말렸지만 나는 고집을 부렸다. 씨앗은 몇 개 되지 않는 내 것 중의 하나였다. 치덕의 집에 도착해서도 나는 제일 먼저 씨앗을 심을 화분부터 구했다. 정성 들여 장미 씨앗을 심고 햇볕이 가장 잘 드는 곳에 화분을 두었다.

화분을 제자리에 두고 일어서는데 전화벨이 울렸다. 치덕일지도 모른다는 생각과 함께 온몸이 얼어붙는 것처럼 긴장되었다. 휴대폰을 꺼내 '여보세요……' 하던 나는 얼른 '쑤어 쓰데' 하고 대답했다.

수화기 속에서 다짜고짜 '아직 돈이 안 들어왔어' 하는 엄마의 탁한 목소리가 터져 나왔다. 투박하고 거친 말 속에 못마땅한 기운이 역력하게 묻어났다. 아직 먹지도 않은 국수 가닥이 목에 걸린 기분이었다. 사정이 있었다는 말을 하려는데 내일 당장 보내라며 빚쟁이 대하듯 소리를 질렀다.

"보낼 돈이 없어요. 수지 때문에 일을 못했어요."

나도 모르게 입에서 쇳소리가 났다.

"무슨 소리야. 네 언니는 잘 보내 주는데 너는 왜 제 날짜를 지킬 때가 없니."

엄마는 빈말이라도 수지가 잘 있는지에 대해서는 물어보지 않았다. 번번이 내가 먼저 말을 하면 그제서야 마지못해 안부를 물었다. 이번에도 치덕에 대해서는 아예 물어보지도 않았다.

서투르긴 했지만 한국말을 어느 정도 알아들을 수 있게 되었을 때쯤, 언니가 다니던 공장에 취직해 수지를 낳기 전까지 일했다. 하긴 미싱 일을 하는데 말은 그다지 필요하지 않았다. 기술이 있어서 보수도 괜찮은 편이었다. 나도 당장 돈이 필요했지만 그보다는 고향집에서 하루가 멀다고 재촉을 해 대는 탓에 일을 해야 했다. 엄마는 매번 명분이야 내 안부가 궁금해서라고 했지만 통화를 끝낼 때는 꼭 아직도 일을 안 하느냐고 물었다. 그리고는 아버지가 갑자기 다리를 다쳤다거나, 동생이 학비가 없어 학교를 그만두어야 한다는 등의 말을 덧붙였다. 거짓말 같지는 않았지만 믿기도 어려웠다.

"보파, 무슨 일이 있어도 내일 보내 줘야 해. 안 그러면 큰일 나."

식구 중에 누군가 사고를 쳤거나 또 도박을 한 것 같았다. 언니와 내가 뼈 빠지게 벌어서 보내 준 돈은 대개 그렇게 쓰이는 눈치였다. 보람도 없이 언제 끝날지 기약도 없는 일을 계속해야 한다는 생각을 하면 막막했다. 더구나 이제는 치덕도 없다. 내 입에서 그동안 참고 있었던 말이 급하게 튀어나왔다.

"앞으로는 돈 안 보낼 거예요. 아니, 못 보내요. 월급 받아서 수지와 둘이 살아야 해요."

말을 해 놓고 보니 이제부터 어떻게든 수지와 살아 내야 한다는 일이 확실해졌다. 예상치 못한 대답에 놀랐는지 엄마가 잠시 멈칫했다. 그러나 금방 돈이 급하다며 숨이 넘어갈 것처럼 다그쳤다. 엄마가 말한 날에 보내지 않으면 또 재촉전화가 오겠지. 그러나 내 결심은 변하지 않을 것이다. 이제부터 어떻게든 수지와 살아 내야 한다.

나는 수화기를 내려놓고 방긋 웃고 있는 수지를 번쩍 안아 올렸다.

소등

오전 열한 시가 지났을 뿐인데 벌써 간병인들이 앞치마를 갖다 놓는다. 환자들은 식사할 때 맨드라미나 장미 같은 꽃무늬가 그려진 비닐 앞치마를 두른다. 대부분 손목에 힘이 없어 밥알을 흘리기 일쑤기 때문이다. 간병인들이 각자의 침대 손잡이에 앞치마를 걸기 시작하면 어떤 환자는 벌써부터 파블로프의 개처럼 침을 흘리기도 한다.

노인은 밥 생각만 하면 속이 메슥거린다. 거의 간을 하지 않아 싱겁다 못해 밍밍하기만 한 음식들은 아무리 먹으려 해도 참기가 힘들었다. 식사 때마다 영양사가 방을 돌아다니며 맛이 어떠냐고 물었지만 맛있다는 대답은 좀처럼 나오지 않았다. 지난 며칠 동안은 딸이 해다 준 깻잎 조림으로 그나마 밥을 조금씩 먹었다. 딸이 귀찮아할 것 같아 한동안은 참았는데 끝내 음식 때문에 고통스럽다는 속마음을 꺼내고 말았다. 간혹 입맛에 당기는 음식이 나올 때도 있지만 아직까지도 병원 밥은 좀체 입에 맞지 않았다. 거기다 식사를 다 끝내기도 전에 식판을 들고 가 버릴 경우에는 수치스럽다 못해 모멸감마저 들었다.

식판을 실은 수레 끄는 소리가 복도 끝에서 들려왔다. 누워 있거나 넋 놓고 앉아 있던 환자들이 밥 먹을 채비를 했다. 노인처럼, 가족들이 가져다 놓은 반찬통을 꺼내 놓거나 아예 집어 먹기도 했다. 반찬이 든 밀폐용기를 꺼내기 위해 팔을 뻗는 순간, 노인은 비명을 지르며 팔을 거두고 말았다. 돌려 앉은 허리가 끊어질 듯 아팠다. 어렵게 몸을 움직여 두툼한 방석을 허리에 받치고 누웠다. 한결 통증이 덜해졌다.

노인은 감기를 심하게 앓고 난 직후, 새벽에 화장실을 가려다 넘어졌다. 주사기로 약을 주입해 금이 간 뼈를 붙이기는 했지만 예전처럼 걸을 수는 없었다. 얼마 전부터는 통증이 심해져 병실에 붙은 화장실에나 겨우 다니는 형편이었다. 집도했던 의사는 고통스럽더라도 거르지 말고 꾸준히 걷는 연습을 하면 차츰 회복해서 전처럼 걸을 수 있다고 했다. 그러나 걷는 연습을 하려면 반드시 옆에서 누군가가 붙잡아 주어야만 했다.

수술 직후 며칠 동안은 딸과 아들이 교대로 연습을 도와주었
지만 자신들의 일도 있으니 한계가 있었다. 일주일이 지나자 의
사는 퇴원해도 좋다고 했다. 고민 끝에 요양병원을 택했는데 여
기서도 간병인이 노인만을 위해 붙어 있을 수는 없었다. 하루이
틀 미루다 연습을 하지 못한 탓에 이제는 퇴행하듯 걸을 수 없
게 되었다. 통증이 가라앉기를 기다리던 노인은 일어나서 반찬
통을 놔두고 회색 표지에 가계부라고 쓰인 대학노트를 펼쳤다.
노트 위에 올려놓았던 성경책은 옆으로 살짝 밀쳐놓았다. 아직
가 보진 못했지만 병원 지하에 있다는 교회의 전도사가 놓고 간
것이다.

전도사는 화요일과 토요일 저녁때면 어김없이 찾아와 기도를
해 주고 예배에 참석하라고 권했다. 주님이 언제 부를지 모르니
항상 준비하고 있어야 한다면서. 그런 날은 으레 흉몽을 꾸었다.
앞을 구분할 수 없는 깜깜한 어둠 속으로 빨려 들어가는 꿈이었
다. 끌려가지 않으려고 발버둥을 치면 칠수록, 더 깊은 수렁 속
으로 빠져들기를 반복했다. 공포와 혐오감에 치를 떨다 깨어 보
면 잠자리에 든 지 고작 한 시간이 지나 있을 뿐이었다. 꿈에서
깨어나도 적요한 어둠 속에서는 두려움이 가시지 않았다. 환자
들이 깰까 봐 염려되어 불을 켤 수도 없었다. 아픈 다리를 절룩
거리며 병실을 서성이거나 그도 아니면 우두커니 서 있다 결국

화장실의 문을 잠그고 불을 켰다.

노트의 중간 부분을 편 노인이 돋보기를 끼고 찬찬히 읽어 내려갔다. 노인은 결혼 직후부터 가계부를 겸한 일기를 써 왔다. 가족들이 생활하기에 수입은 턱없이 적었지만 빼먹지 않고 꼬박꼬박 썼다. 밑에는 그날 있었던 일들을 간략하게 써 놓았다. 노트는 노인이 살아온 일생을 압축해 놓았다 할 수 있다.

운동화 오만 원.

병원에 들어오기 전쯤, 손자의 생일 선물로 운동화를 산 기록에서 일기는 멈춰 있었다. 노인의 선물을 받고 기뻐하던 손자의 모습이 방금 전 일어난 일처럼 생생하다. 손자를 본 지도 오래다.

“할머니, 뭘 그렇게 열심히 보세요?”

언제 왔는지 하늘색 넥타이를 맨 원무과 직원이 노인에게 물었다. 그럴 일이 아닌데도 뭔가를 잘못해 들켰을 때처럼 노인의 심장 박동이 가파르게 뛰었다.

“아직 아무도 안 왔습니까?”

부드러운 인상과는 달리 직원의 말투는 고압적이고 딱딱했다.

“애들이 올 때가 됐는데 아직 안 오네요. 급한 일인가요? 아니면 나한테 말하면 안 되는 건가요?”

겁먹은 노인의 물음에 “네, 하긴 할머니도 어차피 아셔야 하는 일입니다. 유감스럽지만 할머니께서 잠깐 퇴원을 하셔야 할 것 같습니다. 보호자와 의논해서 조치를 하겠지만 다시 오시더라도 일단은 나가셨다 오셔야 합니다. 하여튼 자녀분이 오시면 빨리 원무과로 와 달라고 전해 주세요.” 하고 통고하듯 말을 마친 직원이 급하게 나갔다. 직원의 뒷모습을 지켜보는 노인의 눈동자가 불안하게 흔들렸다. 또다시 낯선 사람들이 있는 차가운 병실로 옮겨 가기는 정말 싫었다. 몸이 나아서 자신의 집이나 자식 집으로 가는 것이라면 그나마 다행이겠지만, 그런 일은 아마 영원히 없을 것이다. 무거운 돌덩이를 매단 것처럼 명치 부근이 답답했다.

노인은 침대 아래로 내려섰다. 육 개월 동안이나 바깥에 나가 보지 못한 다리가 불안정하게 휘청거렸다. 안간힘을 쓰며 오른손으로 지팡이를 찾아 짚었다. 비로소 든든한 후견인을 만난 것처럼 마음이 안정되고 편해졌다. 지팡이를 의지한 노인은 느리게 화장실로 들어갔다. 간병인들은 무리하지 말고 침대 옆의 변기를 사용하라고 권했지만 스무 명이 바라보고 있는데 엉덩이를 까놓고 볼일을 보는 일만은 마음이 허락지 않았다.

처음 병원에 왔던 날, 당연히 그렇게 해야 하는 줄 알고 딱 한 번 변기를 사용했는데 노인을 향해 일제히 쏟아지던 눈들을 잊을 수가 없다. 무리들은 우리 안에 갇힌 짐승이 새로 들어온 경쟁자를 보듯 의뭉스런 호기심을 숨김없이 드러냈다. 그들이 노인에게 보내는 적의와 호기심이 뒤섞인 관심은 오랜 기간 세상과 유리된 생활을 해 온 환자 특유의 신경질 같아 보이기도 했다. 아니면 너도 이제부터는 별 수 없이 우리와 같은 배를 탈 수밖에 없다는 공범자의 음흉함 같은 것인지도 몰랐다. 병실 안 환자들의 눈길 때문에 노인은 병원에 온 것이 후회되었지만 집으로 돌아갈 수는 없었다.

노인이 화장실의 전등을 켰다. 화르르 꽃잎이 벌어지는 것처럼 주위가 환해졌다. 노크를 하는데 문이 벌컥 열리며 안에서 11호 할머니가 앞으로 고꾸라질 듯이 상체를 밀고 나왔다. 병실의 침대에는 각각 번호를 붙여놓았다. 서로를 부를 때도 이름보다는 3번이나 8번 같은 번호로 통했다. 11호의 헐렁한 환자복 바지가 허리에서 십 센티미터 이상이나 밑에 내려와 걸쳐져 있다. 금방이라도 바지가 벗겨져 앙상하고 볼품없는 몸뚱이를 드러낼 것처럼 보인다. 11호는 화장실에서 뭔가 기분 나쁜 일이 있었는지 노인을 보고는 틀니를 뺀 입술을 바싹 오므리고 샐쭉하게 돌아선다. 감정 기복이 심해 시시때때로 행동과 표정이 변한다. 저러다 또 금방 언제 그랬냐는 듯 다정해진다.

노인이 저도 모르게 얼굴을 찡그리고 만다. 자신도 언제 저렇게 될지 모른다는 불쾌감이 때리듯이 뒤통수를 쳤다. 노인은 변기 커버에 묻어 있는 누런 변의 흔적을 휴지로 닦아 내고 나서도 한동안 망설이다 마지못해 앉았다. 한참을 앉아 있었지만 변은 나오지 않았다. 일주일째 변비에 시달리고 있던 참이었다. 집에 있을 때도 가끔 변비 때문에 고생을 할 때도 있었지만 어찌된 셈인지 병원에 오고부터 하루가 멀다 하고 변비에 걸렸다.

손을 씻은 뒤 세면대 위의 거울을 들여다보던 노인이 짧은 한숨을 토해 냈다. 남자 중학생처럼 커트한 머리 모양이 생면부지의 타인처럼 낯설다. 열흘 전, 팔십여 년 동안 길러 온 머리를 잘라야 했을 때 노인은 살던 집을 놔두고 병원에 들어올 때보다 훨씬 마음이 착잡했다. 젊었을 때의 노인머리는 숱이 많고 윤기가 좋았다. 흑마의 갈기처럼 실한 머리채를 묶어 늘어뜨리고 길거리를 지나가면 누구든 탐스러워하며 뒤돌아보았다.

매주 월요일, 목욕할 때마다 간병인들은 간수하기 번거롭고 거추장스러운 긴 머리를 고집하는 이유를 모르겠다며 은근히 핀잔을 주었다. 여러 번 커트를 하라며 권했지만 그동안 꿈쩍도 하지 않았다. 그랬는데 얼마 전 머리를 감겨 주던 간병인이 대놓고 타박을 하는 터에 당장 잘라 버렸다. 잘려 나간 머리카락을 바라보는 노인의 마음은 참담하기만 했다. 그날 저녁, 노인은 식사에 숟가락도 대지 않았다.

노인의 움직임을 누운 채로 지켜보고 있던 봉선화 할머니가 갑자기 큰 소리로 웃었다. 웃음소리가 경박하고 호들갑스러웠다. 치매가 심해진 탓에 허탈하게 열려 있는 동공이 우물처럼 음울해 보였다. 짧게나마 정신이 들었을 때면 다섯 남매의 이름을 일일이 열거하며 자랑에 여념이 없다. 그러나 할머니의 자랑과는 달리, 아들이나 딸들이 면회를 오는 경우는 드물었다. 병원 가까이에 살고 있다는 딸이 유일한 방문객이지만 그마저도 한 달에 한 번 정도가 고작이다. 가끔씩 기저귀를 빼 던지고 싼 똥을 치운답시고 시트에 칠갑을 해 놓는 소동을 부리기도 한다. 미운 짓을 하기도 하지만 어린아이처럼 천진한 구석도 있는 터라 간병인들 사이에는 오히려 귀여운 할머니로 통한다. 봉선화란 별명은 할머니가 기분이 좋을 때면 앞뒤 가사가 잘린 '봉선화 연정'을 반복해 불러서 붙여졌다. 노인과 같은 방에 입원해 있는 스무 명의 룸메이트 중에 봉선화 할머니 정도의 중증 치매 환자는 절반 정도이다. 그 외에는 노인처럼 거동이 불편하거나 더러, 당뇨나 심장병을 앓고 있기도 했다.

딸이 들어오는 것을 보고 노인이 희미하게 웃었다. 간병인들이 보약보다 웃음이 더 효과가 있다며 자주 웃으라고 권했지만 노인에게는 웃을 일이 별로 없었다. 유일하게 자식들이 올 때에

야 비로소 얼굴에 웃음을 띤다. 근심 어린 눈만 아니라면 보기에
는 환자라고 느껴지지 않을 정도로 노인의 모습은 단아했다. 깔
끔한 성정 탓에 아무리 몸이 아파도 흐트러진 모습을 잘 보이지
않는다. 가르마를 타 단정하게 빗어 넘긴 은발이 창문을 타고
넘어온 햇빛을 받아 반들거렸다. 노인은 아직도 동백기름을 쓴
다. 딸이 양손에 들고 온 보자기를 힘겹게 침대 모서리에 올려놓
았다.

"그냥 오지, 뭘 이렇게 무겁게 가져왔냐."

말은 그렇게 하면서도 노인의 표정이 환하게 변한다.

"어머니 좋아하는 대추차를 좀 가져왔어요. 이건 팥죽이고요."

큰 보온병 두 개를 열어 보이며 딸이 말했다.

"그래 맛나겠구나. 죽이 눋지 않게 저으려면 팔이 아팠을 텐
데……."

"따뜻할 때 좀 드세요."

딸이 집에서 준비해 온 국자와 대접을 꺼내 담으려 했지만,
노인은 곧 점심이 들어오니 나중에 먹겠다고 했다. 죽 대접을
밀어 놓고, 딸은 티슈를 뽑아 노인의 입가에 흘러내린 침을 닦
아 준다. 나이가 들면 몸도 마음도 다시 어린아이가 된다는 말
이 맞는 모양이다. 노인의 표정에 금방 보호받고 있다는 안도
감이 어린다.

지난해 봄은 꽃샘추위가 유별났다. 가전제품 가게에는 새삼 난방 기구를 사려는 사람들로 붐볐고 옷차림은 한겨울처럼 두툼해졌다. 생뚱맞은 한파에 노인의 집 보일러가 터져 버렸고 평소에 하던 대로 아무에게도 알리지 않았다. 수리가 되는 이틀 동안 노인은 냉방에서 새우잠을 잤다. 누구에게든 폐 끼치는 것을 죽기보다 싫어하는 노인은 맹장 수술을 위해 혼자 입원한 적도 있다. 딸이 달려갔을 때, 노인의 집은 겨울 날씨만큼이나 얼어붙어 있었다. 방 안에서조차 머리 수건을 동여매고도 노인은 고장 난 선풍기소리를 내며 덜덜 떨고 있었다.

싫다는 노인을 억지로 데려와 딸의 집에서 통원치료를 받게 했다. 그동안 노인의 아들은 한 번도 병문안을 오지 않았다. 열흘이 지나도 기침과 열이 내리지 않는 이유가 몸보다는 마음 때문인 것 같았다. 그 와중에도 노인은 아들에게 나쁜 일이 생기지 않았는지 걱정했다.

딸의 집에서 어느 정도 원기를 회복하자 노인은 자신의 집으로 돌아가겠다고 했다. 딸이 좀 더 회복이 되면 가라고 간곡하게 말렸지만 노인은 단호했다. 고집대로 집으로 돌아가서 이틀째 되는 날 밤에 방에서 발을 헛디뎌 넘어져 버렸다. 간단한 수술을 하고 회복하던 중, 아들이 자기 집에 가고 싶으냐고 노인에게 물었다. 그러나 노인은 전혀 그럴 마음이 없다고 대답했다. 치료기간이 길면 긴 대로, 짧으면 짧은 대로 병원에서 치료를 받겠다고 했다. 아들 집에 가도 어차피 낮에는 아무도 없는 터라 다른 사람의 도움을 받아야 했다. 옆에서 간호해 줄 간병인도 있어야 하니 한꺼번에 해결되는 병원이 훨씬 편하다는 말까지 덧붙였다. 아들이 잠깐 난감해하는 것 같았지만 곧 괜찮아졌다. 옆에 선 아들의 처는 짐을 덜게 된 것이 다행이라는 듯 안도하는 눈치였다.

"할머니, 나중에 노래 수업에 꼭 나오세요."

간병인이 노인에게 식판을 가져다주며 말했다. 오늘은 매주 수요일마다 열리는 노래치료 시간이 있다. 음악치료사의 사회로 환자와 가족들이 다같이 어울려 자유롭게 노래하는 시간이다. 지난주에 노인은 처음으로 참석했는데, 병실과는 달리 활기찬 분위기가 제법 괜찮았다. 점심 식단은 묽은 미역국에 손가락 마디 크기의 연어구이와 양배추 김치에 호박무침이었다.

노인은 사물함 서랍에서 포크를 꺼냈다. 환갑 무렵에 오른손 가운뎃손가락을 다친 후론 젓가락을 쥘 수 없어 늘 포크를 사용해 왔다. 오랫동안 써 온 은색 스테인리스 포크는 손잡이와 가운데 집게가 닳아 기형적으로 변해 버렸다. 지문이 지워진 노인의 손도 마찬가지다. 세탁소의 물빨래부터 갈빗집 주방 설거지까지 노인은 안 해 본 일이 없다. 노인의 남편은 결혼하고 일 년이 지나지 않아 다니던 목재소 일을 집어치웠다. 그 다음부터는 죽는 날까지 제대로 된 직장이나 일을 가져 보지 못했다. 남편이 마흔도 채 넘기지 못하고 술에 취해 골목길 하수구에 빠져 동사했을 때, 노인은 울지 않았다. 죽음이 더러운 진창구덩이에서 헤어날 수 있는 방법이라면, 남편을 위해서도 차라리 잘되었다는 생각이 들었다. 남편이 죽은 후로 노인은 세월이 빨리 흐르기를 바랐다. 어린 자식들이 자라고 나면 어디든 훌훌 털고 가고 싶었다.

간병인이 밥을 떠 넣어 줄 때마다 고맙다는 듯 고개를 주억거리던 봉선화 할머니가 발작적으로 기침을 했다. 그 바람에 입안에 있던 음식물이 튀어나왔다. 옆자리까지 파편이 튀었는지 11호 할머니가 신경질을 내며 욕설을 퍼부었다.

"이 미친 할망구가 처먹던 것을 어디다 내뱉고 지랄이야, 지랄이!"

독이 바싹 오른 목소리가 모질고 앙칼스러웠다.

"안 그래도 제 정신 아닌 할망구들하고 섞여 있으려니 성질나 죽겠는데, 밥 먹을 때까지 사람 신경을 건드려?"

욕을 하고도 분이 덜 풀렸는지, 식사가 끝날 때까지 쉼 없이 중얼거렸다. 노인이 저도 모르게 피식 웃었다. 중증 치매인 11호가 다른 사람을 보고 제정신이 아니라고 우기는 것이 어이가 없었다.

“확실히 저번에 있었던 병원보다 반찬이 부실해.”

손을 떨며 밥을 떠 넣던 14호가 불평을 했다.

“누가 아니래? 나도 여기 오기 전에 있었던 저쪽 병원에서는 고깃국도 자주 나오고 어떨 때는 싱싱한 광어회도 주었는데 말야. 우리한테 돈은 많이 뜯어내고 밥은 형편없이 주고, 도적놈들.”

14호와 마주보고 있는 안경 낀 9호가 분을 못 참겠다는 듯 투덜거렸다. 잠자코 밥 먹는 데만 열중해 있던 6호가 두 사람을 나무라듯 한마디 했다.

“쓸데없는 투정들일랑 하지 마슈. 그래도 이 정도면 호강이라우. 우리 윗집 할망구는 자식들이 재산은 다 가져가고 그 뭐라드라, 영세민 요양손가 뭔가 하는 거기다 데려다 놓았더래요. 내가 병원에 들어오기 전에 면회를 한 번 가 봤는데 자기 좀 꺼내 달라고 어찌나 애원을 하는지, 나도 할망구 붙들고 한참을 울었다오.”

6호의 말이 효과가 있었는지 14호와 9호가 잠잠해졌다. 노인이 국을 뜨다 말고 잠시 생각에 잠긴다. 식구들이 둘러앉아 식사를 했던 기억이 아득한 옛일처럼 가물거렸다. 그때는 지금의 이런 모습을 당연히 상상하지 못했다. 그러나 자신이 선택하지 않았어도 노인에겐 지금의 현실을 거역할 힘이 없다. 요양병원에 들어올 때만 해도 노인의 마음은 별로 동요되지 않았다. 그동안 견뎌 낸 세월이 떠올라 억울한 기분이 들었지만 곧 괜찮아졌다. 그보다는 이런 일이 조금 빨리 와 버렸다는 당혹감이 앞섰다. 일 년이 다 된 이제야 조금 익숙해지려는데 다시 병원을 옮겨야 한다니, 생각만 해도 끔찍했다.

노인은 그동안 자그마한 집에서 혼자 생활해 왔다. 대지가 오십 평 정도 되는 이층집이었는데, 아래 위층으로 방이 여섯 개였다. 노인이 아래층 방 두 개를 사용하고 네 개를 세놓아 방세를 받았다. 집을 포함한 제법 많은 재산은 모두 노인의 피나는 노력 끝에 얻은 것들이었다. 천성이 워낙 부지런한데다 검소하게 살아서 얼마 전까지도 자식을 돕는 입장이었다. 아들이 마지막으로 팔아넘긴 이백여 평의 땅이 남아 있었더라면 제법 큰돈이 되었을 터다. 집과 아들 생각을 하던 노인이 저도 모르게 주먹을 불끈 쥔다.

창가 쪽에서 사기그릇 깨지는 소리가 났다. 노인의 침상과 대각선으로 보이는 14호 할머니의 자리 주위에 유리컵이 박살 나 있다. 무엇 때문인지는 알 수 없지만 14호는 잔뜩 골이 나서 어깨를 들썩이며 씩씩대고 있었다. 병실에는 위험하다고 유리제품을 두지 못하게 했다. 아마 가족이나 문병객이 사 온 음료수병을 치우지 않았던 모양이다. 간병인과 남자 도우미들이 급히 달려와 유리조각을 줍고 바닥을 닦아 냈다.

도우미들이 유리조각을 치우는 동안 14호 할머니는 조금 전의 모습과는 딴판으로 자기는 전혀 상관없다는 듯, 옆 사람을 붙들고 이야기를 하고 있었다. 하루에도 몇 번씩 일어나는 소동인 탓에 처음엔 관심을 보이던 환자들도 이내 고개를 돌려 버렸다. 연어구이를 집어 입으로 가져가려던 노인이 수저를 놓고 만다. 그때까지 노인은 한 술도 뜨지 않았다.

식사시간이 끝날 즈음 간호사들이 점심 약을 돌렸다. 어미 새의 모이를 받아먹는 새끼처럼 환자들은 입을 쪽쪽 벌리고 간호사가 넣어 주는 약을 받아먹었다. 노인은 조금 뒤에 먹겠다며 그냥 두라고 했다. 쥐약을 삼킨 것처럼 금방 잠이 오고 나른해지는 불쾌감을 잠시라도 미루고 싶었다. 약을 먹은 환자들은 약속한 것처럼 모두 곤한 잠에 빠져들었다. 숙면에 빠진 환자들의 표정이 어린아이의 그것처럼 천진하고 편해 보였다. 간혹 꿈속에서 누군가를 만났는지 이름을 부르며 잠꼬대를 했다. 변비와 겹쳐 불면증에 시달리고 있는 노인은, 단잠에 빠져 있는 그들이 부러웠다. 그러나 아무리 애를 써도 일이십 분 정도의 토막잠에서 깨고 나면 더는 잠들기가 어려웠다.

"그런데 니 동생은 안 온다고 하더냐?"

노인의 관심은 온통 아들에게 쏠려 있었다. 아들과 딸은 같은 아파트 단지에 살고 있었지만 특별한 일이 아니면 만나는 일이 없었다.

"오늘 같은 날은 차 있는 지가 와서 같이 타고 오면 어디가 덧나? 동기간이라고는 저하고 단 둘뿐인데 어쩌면 그렇게 매몰찬지, 옆에 가면 찬바람이 쌩쌩 분다니까."

무거운 보따리를 들고 지하철과 버스를 번갈아 타며 힘들게 온 게 분한지 연락도 없는 아들을 두고 딸이 화를 냈다. 노인도 아들이 너무 늦는다 싶어 조바심이 났다. 노인이 병원에 들어온 지 일 년이 다 되었지만 아들이 시간 여유를 두고 문병 온 적은 없다. 스포츠용품점을 하는 아들은 가끔 들러서도 바빠 죽겠다는 표정으로 멀뚱히 서 있다 가 버리곤 했다. 그런데도 아들이 왔다 간 날은 하루 종일 노인의 얼굴에 꽃이 피었다. 그럴 때마다 딸은 벌레 씹은 표정을 지었지만 노인의 얼굴은 행복에 젖어 발갛게 물들기까지 했다.

"어머니, 혹시 원무과에서 누가 오지 않았어요?"

딸의 물음에 노인은 직원이 와서 찾더라는 말을 했다. 그러나 병원을 옮겨야 한다는 말까지는 하지 못했다. 이미 알고 있겠지만 딸에게 또 번거로운 일을 시키는 것이 미안해서다.

"아침에 병원에서 전화가 와서 어머니 이름을 대며 보호자 맞느냐고 하는데 얼마나 놀랐는지 몰라요."

"왜, 내가 죽었는가 싶어서?"

"농담으로 하는 말 아니에요. 정말 여기 있던 간이 철렁하고 떨어지더라니까요."

아직도 놀란 마음이 가라앉지 않았다는 듯, 딸이 집게손가락으로 자신의 가슴을 가리키며 말했다.

"어머니 걱정하실까 봐 말씀 안 드렸는데, 사실은 병원 옮겨야 해요. 그래서 제가 여기저기 알아봤어요."

병원을 옮기라는 말을 듣고 딸이 서너 군데 요양병원을 알아보기는 했지만 안심하고 노인을 맡길 데가 마땅치 않았다. 노인이 지금 입원해 있는 병원은 시에서 건물을 지어 개인에게 위탁경영을 하는 곳이라 그나마 시설도 괜찮고 병원비 부담도 덜한 편이었다. 그러나 개인이 운영하는 곳은 시설이 좋으면 병원비가 부담스럽고, 병원비를 절약하려면 시설이 열악했다. 노인병원이 처음 생기던 시기에는 시내를 통틀어 다섯 군데 정도에 불과했다. 그랬던 것이 2년 남짓 사이에 우후죽순처럼 생겨나 백여 군데가 넘어서고 있었지만, 시설이나 관리 면에서는 천차만별이었다. 수적으로 요양병원이 팽창하는 이유는 노인환자들이 집에서 간호받는 것보다 전문적인 입원치료를 훨씬 선호하기 때문이라고 했다. 거기다 자신의 행복을 가장 중요하게 여기는 자녀들의 가치관 변화도 한몫을 할 터였다. 벽에 녹색 페인트로 '행복한 노후, 편안한 가족'이라는 문구가 쓰여 있었다. 이곳에 입원해 있는 환자들은 또 하나의 가족이라는 말일 테다.

"그런데 얘는 왜 이렇게 안 오는 거야? 지가 못 오면 제 처라도 오든지 해야 할 거 아니야?"

짜증을 내는 딸이 못마땅한지 노인이 타박을 했다.

"워낙 바쁜 애 아니니. 그리고 제 처도 어디 집에서 노는 사람이냐? 바깥일 하다 보면 마음이 있어도 몸 빼기가 수월치 않을 테지. 그래도 요즘 젊은 것들, 집에서 팽팽 놀면서 지 남편만 볶아 먹는 것들도 많다던데, 딴 생각 안 하고 열심히 사는 거 보면 대견하지 않냐?"

아들과 며느리를 두둔하는 노인의 눈에 아련한 그리움 같기도 한, 그러나 쓸쓸한 바람 같은 기운이 스쳤다.

"하여튼 어머니 같은 시어머니는 세상에 둘도 없을 거라니까요. 어떻게 그 집 말만 나오면 그렇게 감싸고도는지 모르겠어요. 사회 생활하는 여자가 어디 저 하나 뿐이래요? 일하면서도 해야 할 도리는 다 하고 살더구만. 솔직히 걔들이 결혼해서 언제 어머니한테 따뜻한 밥 한 그릇 해 드린 적이 있어요? 아니면 지들 집에서 하룻밤 주무시기를 해 봤어요?"

노인에게 그렇게 화를 낼 일이 아닌데 뒤틀리는 심정을 누르

려니 자신도 모르게 딸의 목소리가 올라갔다. 누워 있는 환자들이 눈을 둥그렇게 뜨고 노인과 딸을 쳐다봤다. 노인도 딸의 심중을 안다. 지금은 지난 일이지만 딸이 섭섭했을 것을 모르지 않는다. 사위의 사업이 부도 위기에 놓였을 때 딸은 생전 처음으로 노인에게 도움을 청했다. 묶어 둔 돈을 풀고 싶지 않기도 했지만 그보다 아들을 생각하고 거절했다. 행여 잘못되어 회수하지 못하면 아들에게 어떤 원망을 들을지 알 수 없어서였다. 나중에 사정을 전해 들은 아들은 큰일 날 뻔했다며 노인에게 돈 단속을 시켰다. 딸은 종종걸음을 치며 뛰어다닌 끝에 비싼 사채를 빌려 급한 불은 껐지만 뒷일이 더 걱정이었다. 거래처가 절단 나고 판매량이 떨어지니 수입은 형편없는데, 이자는 매일 눈덩이처럼 불어났다. 이를 악물고 김치도 없는 밥을 먹으며 그 빚을 다 갚기까지 꼬박 5년이 걸렸다. 그때 일만 떠올리면 딸은 섭섭함을 넘어 한약이라도 마신 것처럼 입안에 쓴물이 고이는 느낌이었다.

"옮겨야 하겠지?"

"방법이 없을 것 같네요."

딸의 대답에 노인의 표정이 굳어졌다. 젊은 시절, 어린 자식들과 보따리 몇 개만 달랑 들고 일 년에 두 번씩도 이사를 다녔던 것에 비한다면, 그까짓 것 못할 것도 없었다. 그 시절과 달리 지금은 혼자 몸이라는 것만 해도 얼마나 홀가분한지 모른다. 그렇게 마음을 다잡아도 싫은 건 싫은 것이다.

"너무 걱정하지 마세요."

하지만 딸이 전해 주는 보험공단과 평가원의 이야기는 노인에게 실망만 안겨 주었다.

"우리 국민건강보험공단은 평가원에서 돈을 주라면 주고, 깎으라면 깎을 수밖에 없습니다. 그런데 보호자분 어머니 경우는 충분히 통원치료를 할 수 있는데도 장기 입원을 하고 있어요. 그래서 어머니보다 더 위중한 환자들이 혜택을 받지 못하고 있는 거죠. 어쨌든 우리로서는 더 이상 할 말이 없으니 따지고 싶으면 심사원에 가서 말씀하십시오."

노인을 위해서라면 직원 앞에서 무릎이라도 꿇을 심정이었지만, 딸이 사정할 틈조차 주지 않고 몸이 비대한 남자직원은 자리에서 나가 버렸다. 버스를 세 번이나 갈아타고 찾아간 평가원에서는 노인과 딸을 아예 경우도 없는 몰염치한 사람으로 취급했다.

"현재 요양병원에 입원해 있는 환자들의 병원비는 간병비를 포함해서 한 달에 대략 180만 원에서 210만 원 정도입니다. 거기서 본인 부담이 약 90만 원 안팎이고, 나머지를 국민건강보험공단에서 지원해 주고 있습니다. 단, 조건이 있습니다. 치매를 포함해서 평가원에서 인정하는 여섯 가지의 병을 다 앓고 있는 경우에만 해당이 되는 것이죠. 그런데 환자분은 해당되는 병이 네 가지밖에 없지 않습니까.”

간병인이 복도를 돌며 3층으로 내려오라고 했다. 노인의 옆자리 할머니는 벌써 휠체어에 태워져 있었다. 간병인이 휠체어를 탄 할머니의 허리에 굵은 초록색 띠를 두르고, 바싹 붙여 동여맸다. 그렇게 하지 않으면 앞으로 넘어지기 일쑤다. 노인은 귀찮다고 했지만 딸이 졸라서 노래치료에 가기로 했다. 넓은 홀에는 환자들이 강사를 중심으로 빙 둘러 있었다. 노인들은 기우뚱거리는 몸을 지팡이에 의지하거나 휠체어를 타고 있었다. 노인이 의자에 앉자 곧바로 노래치료가 시작됐다.

“자! 우리 할머니 할아버지들, 한 주 동안 잘 계셨습니까?”

강사의 인사에 모두들 초등학교 입학식에 온 어린아이들처럼 입을 모아 예, 하고 대답했다. 키가 크고 몸피가 듬직한 악사는 먼저 전자오르간으로 귀에 익은 흘러간 가요를 연주했다. 연주가 끝나자 오른팔과 다리가 마비된 할아버지 한 명이 홀의 중앙으로 나왔다. 어눌하게 아아 산이 막혀 못 오시나요, 하며 노래를 부르자 모두들 박수를 쳤다. 그러나 시늉만 했을 뿐, 박수 소리는 거의 들리지 않았다. 다음엔 뇌출혈로 쓰러진 남편을 9년째 간병하고 있다는, 눈매가 시원한 부인이 나와 ‘초혼’이라는 노래를 불렀다. 부인이 나오자 벌써부터 사람들이 술렁거리기 시작했다. 노래실력을 알고 있는 듯 간호사들이 환호성을 질렀다. 부인이 노래를 부르는 동안, 하반신 마비에다 실어증까지 겹친 중증환자 남편은 휠체어에 앉아 눈물을 흘렸다.

"엄마도 한 곡 부르세요. 엄마, 노래 좋아하시잖아요."

딸이 권유하자 노인이 입 밖에도 내지 말라며 손사래를 쳤다. 말은 그렇게 했지만 불러 보고 싶은 표정은 감추지 못했다. 건강했을 때 노인은 노래를 자주 불렀다. 노래는 노인에게 힘들 때마다 위로가 되었고 힘이 되어 주었다. 식당의 구석진 자리에서 산더미같이 쌓인 접시를 닦으며 노인은 마음속으로 노래를 불렀다. 그러면 기운이 솟고 살아 낼 용기가 솟는 느낌이었다. 그러나 이제는 그런 기억조차도 흐릿해졌다.

프로그램이 끝날 무렵, 딸이 손을 번쩍 들고 중앙으로 나가 노인이 좋아하는 '사의 찬미'를 불렀다. 사는 일이 힘들어 주저앉고 싶을 때나 벼랑 끝으로 떨어지는 기분이 들 때마다 노인이 즐겨 부르던 노래였다. 딸의 노래가 끝날 즈음, 노인의 눈이 젊었을 때의 한 순간처럼 반짝하고 빛났다.

병실로 오는 엘리베이터 안에서 아들의 전화를 받은 딸이 못 온대요, 하며 노인에게 전했다. 일 때문에 도저히 몸을 빼기가 어려우니 다음에 오겠다고 했단다. 아침부터 아들이 오는지에 만 신경이 가 있었던 노인은 실망하는 모습이었다. 자리에 오니 빚쟁이 같은 얼굴을 한 원무과 직원이 기다리고 있었다. 잔뜩 벼르고 있었는지 입에서 나오는 말들이 가시처럼 날카롭고 뾰 족했다.

"우리도 참을 만큼 참고 기다려 드렸습니다. 벌써 4개월 째 병 원비를 삭감당하고 있는데, 구체적인 액수로 따지자면 400만 원 이 넘습니다. 그렇다고 보호자분이 개인적으로 지불해 줄 것도 아니지 않습니까. 그럼, 우리더러 언제까지 이런 손해를 감수하 라는 말씀입니까. 이것 좀 보십시오. 요즘 병원운영이 얼마나 어 려운지 신문에도 나지 않았습니까."

열이 올라 얼굴이 벌게진 직원은 더는 참을 수 없다는 듯 손에 들고 있던 신문을 펼쳐 딸 앞에 놓았다. 상단에 고딕체로 쓴 '노 인 요양 병원의 운영 실태와 문제점'이란 머리기사가 딸의 눈길 을 붙잡았다. 직원이 가리키는 기사를 보기 위해 노인은 딸 옆으 로 다가가 앉았다.

「국민건강보험공단은 노인요양병원에 3개월 이상 입원하고 있는 환자에 대해서 입원비의 40%를 차지하고 있는 의학적 관 리료를 삭감하고, 경우에 따라 간호관리료, 처치료까지 삭감함으로써 총 진료비는 청구액의 20~25%까지 삭감되었다. 입원비 삭감 문제에 관해서는 보건복지부, 심평원, 노인병원협의회와 병원협회 등 4자 간의 1년여 협상 끝에, 장기요양보험수가가 결정되기 전까지 한시적으로 요양병원 입원료는 병원비의 80%로 하고 입원기간 6개월, 12개월 초과 시 각각 5%씩 차감하는 것으로 조정하여……」

기사 아랫단에는 심한 퇴행성관절염으로 걸을 수조차 없는데다 치료비는커녕 월세가 밀려 쫓겨나게 되었다는 할아버지의 사연이 실려 있었다.

"아니, 그렇다고 혼자 걷지도 못하는 분더러 통원치료를 하라면 대체 어떤 사람이 입원할 자격이 된단 말입니까?"

"그런 것까지 우리가 어떻게 압니까. 평가원에서도 규정조항에 근거해서 결정했을 테니 수용해야 되겠지요. 어쨌든 저희 입장도 좀 이해해 주십시오."

직원은 양보할 여지가 없다는 태도였다. 딸과 직원을 지켜보고 있던 노인이 두 사람 사이를 중재하고 나섰다.

"이제 그만하세요. 내가 나가면 모든 게 다 좋게 해결된다니 내가 나가면 될 거 아니……."

하던 말을 삼킨 노인의 표정이 두려움과 놀라움으로 일그러졌다. 직원과 딸이 노인의 눈길을 따라 돌아보았다. 봉선화 할머니가 거친 숨을 몰아쉬고 있었다. 숨쉬기가 고통스러운지 탁한 가래 소리를 내는 목을 힘겹게 이리저리 흔들었다. 몸부림 끝에 봉선화 할머니는 점심 때 먹은 음식물을 왈칵 토했다. 금세 시큼한 냄새가 병실을 가득 채웠다. 딸은 돌아서서 치밀어 오르는 구토증을 참느라 입을 틀어막았다. 복도를 오가던 환자들이 입구에 서서 어찌할 줄 모르고 발을 동동 굴렀다. 정신 차리라는 고함 소리가 나고, 흐느낌 같은 헐떡임 뒤에 봉선화 할머니의 머리가 꺾였다. 누군가 비명을 질렀고 간병인의 뒤를 이어 의사가 달려왔다. 청진기를 대려던 의사가 고개를 가로저었다.

봉선화 할머니를 지켜보고 있던, 정신이 온전한 몇 명의 환자들은 늘 있는 일이라는 듯 이내 심상한 얼굴로 돌아갔다. 창문 밖 멀리 붉은색으로 물든 하늘 아래 저문 해가 강 속으로 떨어지고 있었다. 이미 강물에 몸 절반을 빠트린 해는 이제 곧 눈앞에서 사라질 터였다.

할머니의 주검은 신속하게 치워졌다. 봉선화 할머니와 자주 충돌을 일으켜 다투던 11호가 시신을 붙잡고 이렇게 갑자기 가면 어떻게 하느냐며 애통하게 울었다. 노인의 안색이 안 좋아 보인다며 딸이 얼른 따뜻한 차를 부어 마시게 했다. 노인이 어느 정도 안정을 되찾는 것을 보고 딸은 돌아갔다. 병실은 아무 일도 없었다는 듯 조용해지고 환자들은 각자의 일들에 골몰했다.

노인의 눈이 자꾸 봉선화 할머니 침상 쪽으로 갔다. 사물함 위에 미처 치우지 않은 사과 한 알과 유산균 음료가 아직 그대로 있었다. 앞에만 남은 두 개의 이로 토끼처럼 사과를 갉아먹던 모습이 아른거렸다. 할머니는 유독 푸른 사과를 좋아했다. 노인은 생각에 잠긴다. 봉선화 할머니는 이제 그토록 보고 싶어 하던 어머니를 만났을까. 계모 밑에 자랐다는 할머니는 가끔 정신이 맑을 때면 어릴 때 돌아가신 어머니가 보고 싶다고 말하곤 했다.

그러다 노인이 멈칫하며 놀랐다. 봉선화 할머니 옆에 나란히 죽어 있는 자신의 모습이 환영처럼 스쳤다. 노인이 부르르 전신을 떨었다. 마치 죽음 속으로 들어가고 있는 것처럼 온몸이 나른해지며 어깨에 힘이 빠져나가는 느낌이었다.

여덟 시가 되자 간병인들이 모든 병실의 불을 껐다. 봉선화 할머니 옆에 죽어 있던 모습을 떨쳐 버리지 못한 노인은 순간 자신의 생명이 소등(消燈)되는 상상을 했다. 죽음이란 찰나에 찾아오는 소등과 같은 것일 터였다. 가로등이 병실 안을 비추었지만 빛은 사물을 분간하기 어려울 만큼 흐릿했다. 불이 꺼지는 것을 신호로 환자들은 일제히 잠자리에 들었다. 그러나 노인은 잠들지 못했다. 잠이 들기는커녕 정신은 더욱 또렷해지고 생각의 골은 사무치게 깊어졌다. 깊은 수렁에 빠진 것처럼 마음이 허둥거렸고 허허로웠다.

노인은 살아오면서 한 번도 생각해 보지 않았던 자신의 삶을 되돌아보았다. 자식들을 배불리 먹이고 교육시키는 데에만 온 힘을 쏟고 살았다. 무슨 일이 있어도 자식들의 배를 곯리거나 추위에 떨지 않게 하기 위해서. 오로지 그것만을 위해서 자신은 어떻게 되어도, 무엇이 되어도 상관없었다.

노인의 상념이 돌부리에 걸린 듯 잠시 멈춘다. 부위가 확실하지 않은 통증이 전신을 짓눌렀다. 자신이 목숨 걸고 지키려 애썼던 울타리 안에서 아들과 딸은 행복했을까. 그렇다면 자신은? 아무리 아프거나 슬퍼도 스스로를 돌아보지도 않고 모른 척했다. 자신을 위로해 주지도, 사랑해 주지도 않았다. 일생 동안 가혹할 만큼 스스로에게 아무것도 해 준 것이 없다는 자각이 들었다. 가슴속에 시커먼 먹물이 차오르는 느낌이었다. 노인의 흉중만큼 밤이 깊어질수록 어둠도 깊어졌다.

노인은 마치 걸음마를 배우는 아가처럼 위태롭게 전등 스위치 곁으로 다가갔다. 스위치의 위치를 알려주는 빨간불이 규칙적으로 깜빡이고 있었다. 노인은 소중한 물건을 어루만지는 것처럼 살그머니 스위치에 손을 갖다 댔다. 따뜻한 온기가 손목을 타고 올라와 온몸으로 퍼지는 기분이었다. 불을 켜면 환자들이 깰까

봐 염려되었지만, 견딜 수 없는 어둠에서 벗어나고 싶었다. 노인

이 스위치에 올려놓은 손에 힘을 주었다.

7번 출구

반대는 예상했던 것보다 훨씬 강했다.

"사귀기만 하세요. 지금 그 나이에 새삼스레 결혼해서 뭘 어쩌겠다는 말씀이세요?"

말은 그렇게 했지만 아들의 태도는 도대체 그 나이에 무슨 망령이냐는 말을 간신히 참고 있는 표정이었다. 아들보다는 좀 나을 것이라 기대했던 딸도 별반 다르지 않았다. 상준도 어느 정도는 자식들의 반대를 예상하고 있었다. 그렇다 해도 아들의 반응이 정작 아비의 삶을 저희들 마음대로 잡고 흔들겠다는 뜻으로 느껴져 섭섭하고 화가 났다. 무안을 당한 상준이 붙잡고 있던 아들의 팔을 슬며시 풀었다.

상한 마음을 가라앉히느라 냉수를 서너 컵이나 들이켜고 난 상준은 다시 간곡하게 사정했다.

"안 된다고만 하지 말고 좀 더 신중하게 생각해 보아라."

그러나 아들은 더 듣고 싶지 않다는 듯 고개를 돌려 버렸다. 상준이 결국 볼멘소리를 하고 말았다.

"아비가 결혼하는데 왜 자식들 허락을 받아야 하느냐. 그리고 엄마하고 그렇게 헤어지고 나서 얼마나 힘들게 지내 왔는지 알면서 그러느냐. 너희 둘도 이제 다 제 가정을 꾸렸으니 집엔 나 혼자 남았다. 아무도 없는 집에 혼자 있으면 아비가 얼마나 외롭고 쓸쓸한지 짐작이나 하느냐."

상준은 저도 모르게 울컥 목이 메었다. 이렇게 홀로 버리고 가 버린 아내가 새삼 야속하고 원망스러웠다. 그러나 모든 일이 다 그렇듯, 이제는 돌이킬 수 없는 지나간 일이었다. 상준의 심정은 아랑곳없다는 듯 아들이 못을 박았다.

"그 여자가 아버지를 좋아해서 결혼하겠다고 하는 줄 아세요? 아버지는 그렇게 믿으시는지 몰라도 전 그렇게 생각 안 되네요. 지금 아버지 연세가 몇이세요? 몇 년만 있으면 칠십이세요. 아무리 겉으로는 다른 사람보다 조금 젊어 보인다고 해도 나이 드신 건 아버지가 더 잘 느끼시잖아요. 그런 아버지를 그 여자가 뭘 보고 결혼하겠다고 하겠어요. 그나마 아버지한테 돈이 있는 것 같으니까 그러는 거죠. 사실 그 여잔 아버지와 결혼만 하면 의식주를 포함한 모든 생활이 다 해결되잖아요. 그러니 막말로 노후 보험보다 더 안전하고 낫다고 생각했겠지요.”

한 발짝도 물러서지 않겠다는 듯 아들은 꽉 쥔 주먹을 부르르 떨었다. 늙은 아비는 외롭든 괴롭든 아무래도 상관없고 대강 살다가 죽으라는 말처럼 들렸다. 상준도 지지 않고 고함을 질렀다.

“그 사람은 네가 생각하는 그런 사람이 아니야. 네가 내 돈을 보고 그런다고 하는데, 잘은 모르지만 내가 보기에 그 사람이 나보다 돈은 더 많은 것 같아 보였어. 물론 내가 그 사람을 선택하겠다는 이유와는 아무런 상관이 없지만 말이야. 아닌 말로 다른 사람들이 볼 땐 그 사람이 손해 본다고 여길 수도 있지. 내가 그리 부자도 아니고, 또 나이도 훨씬 많지 않느냐. 그러니 반대를 한다면 오히려 그쪽에서 반대를 해야지.”

상준의 말에 아들이 조금 수긋해졌다. 그러나 아들은 금방 반격을 하고 나왔다.

“그분도 아버지와 같은 생각이세요? 정 그러시면 혼인신고는 하지 말고 그냥 두 분이 함께 살기만 하세요. 저도 더는 양보할 수가 없어요.”

아들이 큰 선심이라도 쓰는 듯 말했다.

“내가 이런 말까지는 안 하려고 했다만……”

잠깐 말을 멈추고 뭔가 생각하던 상준은 결연한 표정으로 아들을 향해 선전포고를 하듯 내뱉었다.

"결국 네가 이렇게 완강하게 반대하고 나오는 이유가 아비가 가진 얼마 되지 않는 돈 때문이냐? 연금은 더 말할 것도 없지만."

"저를 어떻게 보고 그렇게 말씀하세요? 저는 다만……."

속내를 들켰는지 아들이 황급히 변명을 했다.

"아니면 된 거고. 늙은 아비가 주책이라고 여길지 모르지만 그 사람하고 나는 서로를 진정으로 사랑하고 있다. 가능하면 아이도 낳을 생각이야."

"네에?"

아들은 금방이라도 뒤로 자빠질 것처럼 놀란 표정으로 상준을 바라보았다.

"사실이야. 너희들이 있지만 그래도 그 사람과 결혼하면 우리 두 사람의 자식을 낳고 싶어."

그렇게 말을 하고 보니 그동안 정말 간절하게 아이를 기다려 왔던 것 같은 기분이 들었다.

"아버지, 지금 제정신으로 하시는 말씀이세요?"

분을 못 이겨 치켜뜬 아들의 눈이 찢어질 것처럼 벌어졌다.

"열 번을 물어도 내 대답은 같아. 단지 그게 가능할지 모르지만."

　상준은 속으로 너무 심했나 하는 생각도 들었지만 이미 말을 뱉어 버린 뒤였다. 아들은 더 듣고 있을 수 없다는 듯 쾅 소리 나게 현관문을 닫고는 밖으로 나가 버렸다.

　개찰구를 나온 상준은 엘리베이터 쪽으로 느리게 걸었다. 이번에 타지 못하면 5분 이상을 기다리거나 백 개나 되는 계단을 힘들게 걸어가야 했다. 지하 3층에서 7번 지상 출구로 나가는 방법은 두 가지뿐이었다. 아픈 다리를 혹사시키지 않으려면 한달음에 달려 엘리베이터를 타는 것이 최선이었지만 무릎이 좋지 않은 상준은 쉽지 않았다. 친구 정식을 따라 처음 이곳에 오던 날부터 상준은 위협하듯 버티고 선 가파른 계단이 싫고 불편했다. 뛰다시피 했지만 늘 그랬듯 이번에도 눈앞에서 승강기를 놓치고 말았다. 상준이 탈 걸 번연히 알면서도 문을 닫아 버리는 사람들이 야속했지만 이젠 그런 일에도 익숙해져야 할 터였다.

　별수 없이 손잡이를 꽉 붙잡고 계단을 걸어 출구로 나왔을 때는 점퍼가 땀으로 젖어 있었다. 상준은 손수건을 꺼내 이마에 맺힌 땀을 닦았다. 아들과 실랑이를 벌이느라 신경을 쓴 탓인지 어지럼증에다 한기까지 느껴졌다. 시래깃국을 파는 허름한 식당 앞에서 이른 저녁을 먹은 노인들이 짝을 맞춰 우르르 쏟아져 나왔다. 상준은 쇼윈도에 옷매무새를 비춰 보고 간판을 확인한 다음, 회색 건물 안으로 들어갔다.

입장료 천 원을 내면 다섯 시간 동안 누구의 간섭도 받지 않고 머물 수 있는 곳. 오백 원을 내면 옷과 가방을 보관해 주고 삼백 원을 넣으면 따끈한 설탕커피를 마실 수 있는 안식처. 공짜 지하철을 타고 버젓이 경로석에 앉아서 올 수 있는 이곳을 노인들은 지상낙원이라 말하기도 했다. 누구도 나이 들었다고 눈총을 주거나 괄시하지 않고 발음이 어눌하다고 타박하지도 않았다. 춤을 못 춰도 상관없고 어쩌다 마음이 맞는 파트너를 만나면 몇 시간을 즐겁게 지낼 수 있는 곳이었다. 노인들의 해방구. 젊은 사람들 눈치를 보지 않아도 되는 시한부 해방구였다.

그런 노인들의 찬사에도 불구하고 상준은 선희를 만나기 전까지는 번잡하고 요란하다는 것 외에 별다른 느낌이 없었다. 흐릿한 눈을 두리번거리며 혹시 누군가 제 손을 잡아 줄 사람이 있나 살피는 노인들의 모습은 보고 싶은 광경이 아니었다. 차라리 손자를 업고 있는 것이 훨씬 어울릴 것 같은 늙은 할망구들의 교태를 봐 내야 하는 일은 고역스럽기까지 했다. 대머리 영감은 이왕이면 춤을 배워 보라고 권했지만 상준으로서는 내키지 않았다. 필요하다고 느껴지지도 않았다. 상준은 기껏 소파에 앉아 춤을 추는 사람들을 구경하거나 휴게실에서 텔레비전을 보며 두어 시간을 보내는 것이 전부였다. 그런데도 마땅히 갈 곳이 없었던 터라 정식이 입원하기 전까지는 습관처럼 따라 드나들었다.

카운터 위 플라스틱 바구니 안에 지폐가 수북하게 쌓여 있었다. 어림잡아도 삼사십만 원은 되어 보였다. 언젠가 들은 말로 하루 입장객이 오백 명을 넘는다고 하니, 숫자로 따진다면 엄청난 액수였다. 맨 위에 얹혀 있는 지폐에는 붉은 고춧가루 물이 피처럼 번져 있었다. 입장료를 받는 아가씨는 지루해 죽겠다는 표정으로 입을 짝 벌리고 하품을 했다. 상준은 호주머니에서 천원짜리 한 장을 꺼내 주고 화살표를 따라갔다.

자동문이 열리자 상준은 노인들의 시선이 일제히 자신에게로 쏠리는 것을 느꼈다. 숱이 많은 머리에 뚱뚱하지도 마르지도 않은 적당한 체구의 상준은 실제 나이보다 서너 살은 젊어 보였다. 또래보다 젊어 보이는 상준의 외모를 보고 할머니들은 너나없이 관심을 보였다. 무릎이 좀 안 좋기는 하지만 딱 한 번 큰 수술을 한 것 말고는 지금까지 잔병치레가 없었다. 규칙적인 생활 습관에다 음주와 흡연을 절제한 덕분이었다. 아침 기상시간과 저녁 취침시간을 지키고 하루 세 번 소식(小食)을 했다. 술은 맥주한 병 이상을 마시는 일이 드물었으며 담배는 이십 년 전에 끊었다. 십 년 전에 대장암 수술을 받았지만 후유증도 없고 생활하는 데 전혀 지장이 없었다.

홀 안에는 강렬한 비트의 트로트 곡이 흘러나오고 있었다. 노래가 한창 유행했던 때로부터 이미 십 년의 세월이 흘렀지만 이곳에서만은 여전히 인기 있는 곡이었다.

노인들은 박자를 놓치지 않으려고 최대한 몸을 빨리 움직였다. 그러나 젊은 시절부터 숙달된 실력을 갖춘 몇몇을 제외하곤 거의 제자리걸음을 하고 있는 꼴이었다. 개중에는 아예 춤추기를 포기하고 멀뚱히 앞뒤 사람을 구경하고 서 있거나 조심스레 몸을 흔들기도 했다. 그도 아니면 의자에 앉아 아픈 다리를 만지거나 졸고 있기 일쑤였다.

노래가 끝나고 노인들이 턱까지 차올랐던 숨을 고르는 사이, 보라색 정장을 입은 사장이 무대 위로 올라왔다. 노래자랑대회에서 일등을 한 계기로 가수가 되었다는 그는 넉 장의 앨범을 냈다고 자랑했다. 사장은 하루에 한 번 직접 무대에 서는데 노래를 듣기 위해 일부러 오는 노인들도 꽤 많았다.

전자오르간 앞에 앉은 사장이 마이크를 조절하고 나서 노래를 부르기 시작했다. 간드러진 곡에 맞춰 목을 꺾을 때마다 초록색 스카프가 풀잎처럼 반들거렸다. 느린 박자의 블루스 곡이었다. 노래가 시작되는 것을 신호로 파트너들끼리 자동인형처럼 서로 안고 블루스를 추었다. 간혹 지나치게 몸을 밀착시키려는 파트너를 나무라는 작은 소동이 벌어지기도 했지만, 그런 일들은 오히려 소소한 재밋거리였다. 노인들은 마치 블루스를 추기 위해 나이를 먹은 것처럼 정성을 다해 스텝을 밟았다.

"어머, 오셨네요. 한번 잡으실래요?"

분홍 카디건에 주름치마를 단정하게 받쳐 입은 할머니가 상준에게 인사를 건넸다. 이마의 굵은 주름에 비해 지나치게 앳된 목소리가 생뚱맞았다. 상준은 할머니의 신청을 어떻게 거절해야 좋을지 몰라 등에 식은땀이 흐르는 것 같았다. 하긴 처음 이곳 콜라텍에 발을 들여 놓았을 때에도 얼마나 많은 땀을 흘렸는지 모른다. 상준의 애매한 태도를 거절하는 뜻으로 이해했는지 할머니는 샐쭉해져서 다른 자리로 갔다. 뒤에서 할머니를 두고 빈정대는 소리가 들렸다.

"저 할망구는 어찌 된 것이 자기가 먼저 설쳐 대고 있어? 아무리 늙어도 여자가 자존심도 없이."

대머리에 몸집이 비대한 노인은 상준에게 춤을 청한 할머니를 가리키며 비아냥거렸다.

"이 사람이 지금이 어떤 시댄데 여자 남자를 따져? 자기 마음에 들면 여자가 먼저 청할 수도 있지."

빨간색 티셔츠를 입은 노인은 귓바퀴까지 빠져나온 보청기를 고쳐 끼며 대머리를 나무랐다. 목소리가 청년처럼 우렁찼다.

"그래도 아직은 여자가 먼저 나서면 생기려던 관심도 없어져."

"다 늙어 빠진 주제에 따지긴 뭘 따져. 우리같이 오늘 죽을지 내일 죽을지 모르는 노인네들이야 당장 즐거우면 됐지. 안 그래?"

"하긴⋯⋯."

"그건 그렇고. 어때, 그 사람하고는 잘돼 가?"

"암, 잘되고말고. 그저께는 모텔에도 갔어."

대머리 노인의 말에 힘이 들어갔다.

"얼씨구, 벌써 거기까지 진도가 나갔어? 근데 솔직히 말해서 그게 제대로 되기나 해?"

"제대로 되긴. 다 알면서 뭘 물어? 제대로 안 돼도 사람 체온을 느끼면 위로가 되는 거지."

"그럼 무슨 재미로 돈을 들이나. 안 되면 약이라도 먹고 본전을 뽑아야지."

"자네나 본전 많이 뽑아. 나는 안 뽑아도 되니까."

대머리 노인이 방금 막 자리에 앉는 짧은 파마머리 할머니에게 손짓을 하며 말했다. 할머니가 함박웃음을 날리며 다가와 노인의 손을 잡았다. 두 사람은 블루스곡이 흐르고 있는 홀 중앙으로 물처럼 유유히 미끄러져 갔다.

　상준의 친구들 중에는 간혹 아내가 있는데도 정기적으로 여자를 사는 사람도 있었다. 상준에게도 몇 차례 유혹이 있었지만 마음이 움직여지지 않았다. 드물게 성욕이 이는 경우에도 냉담하던 아내의 얼굴을 떠올리면 금방 풀이 죽고 말았다. 상준은 아내와 한 집에 살 때에도 각방을 사용했다. 아내가 원해서였다. 상준이 어쩌다 용기를 내 안방 문을 열고 들어가기라도 하면 아내는 마치 치한을 대하듯 기겁을 하고 쫓아냈다. 몇 번 실랑이를 하다 할 수 없이 나오기는 했지만 매번 열쩍은 기분은 가시지 않았다.

　빨간색 티셔츠 노인이 머쓱한 표정으로 뒷자리에 앉은 할머니들을 흘깃거렸다. 그러나 마음에 드는 사람이 없는지 도로 소파에 앉았다. 닫힌 창틈으로 햇빛이 들어와 뿌연 먼지로 뒤덮인 실내를 비추었다. 홀 오른쪽 구석에 청바지를 입은 할머니가 가슴에 머리를 파묻으려는 남자에게 화를 내며 밀쳐 내는 모습이 보였다.

　상준은 자리에서 벌떡 일어나 휴게실 쪽으로 다가갔다. 허리를 감싼 남녀 한 쌍이 상준을 스쳐 화장실과 마주하고 있는 모텔의 쪽문 안으로 들어갔다. 남녀에게서 시큼한 땀 냄새가 났다. 당연히 그렇게 해야 하는 것처럼 상준은 슬며시 고개를 돌렸다. 누군가에게 무안을 당한 것처럼 귓불이 붉어진 상준은 화장실로 들어갔다. 유원지는 물론이고 심지어 주택가 한가운데까지 진입해 있는 모텔은 어느새 동네 슈퍼나 약국처럼 이웃 행세를 하고 있었다. 그렇다 해도 노인들의 놀이 장소에서 마주하는 모텔 간판은 왠지 민망하고 계면쩍었다. 지퍼를 내리려던 상준은 불룩해진 바지를 잡고 멈칫했다. 선희를 만나기 전에는 없던 일이었다. 따뜻한 선희의 몸을 떠올리자 온몸이 전선을 잡고 있는 것처럼 쩌릿해지며 더 크게 부풀어 올랐다. 상준은 발기해 있는 자신의 성기를 난감해하며 내려다보았다.

선희의 집은 베란다에서 바다가 보이는 전망이 좋은 곳이었다. 한눈에 봐도 혼자 지내기에는 넓은 집이었는데 실내 곳곳엔 그림이 걸려 있었다. 상준이 그림을 좋아하느냐고 물었더니 유학 중인 딸의 안목이라며 부끄러워했다. 부끄러워하는 선희의 모습이 순정하게 느껴졌다. 선희는 사십 초반에 남편을 잃고 딸 하나를 둔 미망인이 되었다. 자동차부품 판매업을 했던 선희의 남편은 간암으로 세상을 떠났다. 증세를 느끼고 병원에 갔을 때는 이미 말기상태로 손을 쓸 수가 없었다고 했다. 제대로 치료 조차 못하고 병을 알게 된 지 3개월여 만에 저 세상 사람이 되었다. 그나마 두 모녀가 먹고 살 만큼의 재산을 남긴 것이 다행이라면 다행이었다.

상준이 거실에서 신문을 보고 있는 동안 선희는 소리도 없이 저녁을 준비했다. 두부를 넣은 된장국에 너비아니 구이와 김치, 나물로 차린 깔끔한 밥상이었다. 음식이 모두 정갈하고 맛있었다. 시어서 군내 나는 김치와 멸치볶음뿐인 식탁과는 비교조차 할 수 없었다. 가끔 결혼한 딸이 밑반찬을 가져다 놓기도 했지만 며칠이 지나면 매한가지였다. 그러고 보면 상준은 아내와 헤어지고 난 뒤부터 제대로 된 식사를 해 본 기억이 없었다. 선희는 후식으로 집에서 만들었다는 요구르트와 감잎차를 내왔다. 마음까지 포만감으로 차오른 상준은 매일 이런 식탁을 받으면 얼마나 좋을까, 하고 생각했다.

"음식 솜씨가 아주 좋군요. 모두 맛있어요."

상준의 칭찬에 선희가 또 새색시처럼 얼굴을 붉혔다. 그날 밤, 상준은 집에 돌아가지 않았다. 여러 번 시간을 확인하고도 일어서지 못하고 미적거리는 상준을 선희는 조용하고 따뜻하게 붙잡았다. 두 사람은 새벽이 되어서야 잠자리에 들었다. 오랜 시간 묶여 있었던 상준의 몸은 성급하게 달아오른 마음과는 달리 마음대로 움직여 주지 않았다. 두세 번의 시도 끝에 어렵게 합쳐졌을 때 선희는 상준의 벗은 등을 토닥여 주었다. 어린 시절 추운 겨울날 밖에서 놀다 꽁꽁 언 손을 젖무덤에 넣고 녹여 주던 어머니처럼. 그 순간 상준은 이 여자와 평생을 살겠다고 결심했다.

입구 쪽에서 왁자하게 떠드는 소리가 들렸다. 상준이 무슨 일인가 하고 고개를 돌렸을 때 작업복을 입은 거구의 청년과 눈이 마주쳤다. 마이크를 손에 쥔 청년은 어찌할 바를 모르고 엉거주춤 서 있었다. 카메라를 어깨에 맨 또 한 명의 청년은 무도장 여기저기에 대고 셔터를 누르고 있고 노인들은 이를 제지하기 위해 몸싸움을 벌이고 있었다.

"아, 도대체 뭘 찍어서 어디다 내겠다는 거요?"

아직까지 무대복을 입고 있던 사장이 허스키한 목소리로 고함을 질렀다. 지역 케이블 방송국 로고가 붙은 카메라를 중심으로 노인들이 빙 둘러섰다. 모두들 무슨 일이 일어났나 하는 표정이었다.

"도대체 당신들이 누군데 허락도 없이 남의 영업장에 들어왔어요?"

사장의 눈꼬리가 험악하게 치켜 올라갔다. 여차하면 결투라도 하겠다는 듯이 양복 소매를 팔꿈치까지 걷어 올렸다.

"허락이라니요. 여긴 돈 천 원만 내면 누구나 들어올 수 있는 곳 아닙니까."

카메라가 사장을 흘깃거리며 느물거렸다. 순간 화를 참느라 사장의 얼굴이 시뻘겋게 달아올랐다.

"우리들이 뭘 어쩌겠다는 의도는 전혀 없습니다. 단지 동네 주민들이 소음 때문에 불편을 겪고 있다는 제보를 해 와서 진상을 알고자 하는 것뿐입니다. 그리고 또……."

"또 뭡니까."

"아이들에게 교육적으로 좋지 않다는 의견들이 많아서요."

"누가 그 따위 말도 안 되는 소리를 지껄이고 다녀?"

카메라의 말이 채 끝나기도 전에 누군가의 격분한 소리가 들렸다. 빨간 티셔츠 노인이었다.

"어떤 놈이 아이들 교육에 지장이 있다고 하는 거야? 우리가 뭘 어쨌는데? 막말로 우리들이 여기서 할망구들이랑 잠을 잤어, 살림을 차렸어? 아님, 지 남편 지 마누라 놔두고 딴짓을 했어? 우린 아무것도 한 게 없어. 그런데 나쁜 환경이라니, 대체 무슨 근거로 그런 소리를 하고 있는 거냐고."

빨간 티셔츠의 말을 받아 대머리 노인도 함께 거들고 나섰다.

"우리들도 여기가 꼭 좋은 것만은 아니야. 공기도 나쁘지, 시끄러운 음악 때문에 귀도 더 안 좋아지지. 그렇지만 여기라도 안 오면 하루 종일 아무도 없는 집에서 혼자 뭘 하냐 말이야. 그렇다고 젊은 사람들 모이는 데 가려면 돈이 있어야 말이지. 설사 어쩌다 한 번 간다 해도 젊은 애들 눈치가 보여서 있을 수가 없어. 그래서 늙은이들이 돈 천 원 내고 서너 시간 놀다 가겠다는

데 뭐가 잘못되었다는 거야?"

"그래요. 그것밖에 없어요. 그런데 이곳마저 없어져야 한다면 늙은 우리들은 어떡하라는 건지……."

주름치마 할머니가 감정이 복받쳤는지 말끝을 흐리며 울먹였다.

"그래요, 이곳마저 문을 닫으면 우리 노인네들이 갈 곳은 이제 없어. 공원에 가는 것도 날씨가 좋을 때야 말이지. 장마철이나 추운 겨울철에는 밖에서 벌벌 떨어야 하는데 어떻게 나가. 그나마 이런 곳이라도 있어야 남 얘기도 듣고 하지. 애들 교육상 안 좋다고 없애려면 다른 놀이터를 만들어 주던가……."

노인들의 강한 반발에 안 되겠다 싶었는지 카메라와 마이크 두 청년의 기세가 처음보다 훨씬 누그러졌다.

"예, 어르신들 말씀 잘 알겠습니다. 그럼 오늘은 이만 가 보겠습니다."

너무 쉽게 물러나는 바람에 어리둥절해진 쪽은 오히려 노인들이었다. 그러나 주민들의 신고가 있었다면 이렇게 간단하게 끝날 문제는 아니었다. 일단 물러났다가 다시 시도하겠다는 속셈인지도 몰랐다. 불안을 느낀 노인들은 청년들이 나가고 난 뒤에도 춤출 생각을 잊은 채 문 앞을 서성거렸다.

상준을 발견한 선희가 한달음에 다가왔다. 그리고는 늘 그래 왔던 대로 자판기로 가서 설탕커피를 뽑아 왔다.

선희를 처음 만났던 것도 자판기 앞에서였다. 상준처럼 선희도 친구를 따라왔다고 했다. 선희가 동전을 넣었는데 자판기가 동전만 먹고 커피는 나오지 않았다. 어쩔 줄 몰라 하고 있는 선희에게 상준이 얼른 동전 세 개를 내밀었다. 시간이 지난 후에 생각해 보아도 상준은 동전을 건네준 자신의 행동을 설명할 수가 없었다. 평소에 상준은 웬만해서 여자에게 먼저 말을 걸지 못했다. 그랬는데 쩔쩔매고 있는 선희를 본 순간 자신도 모르게 동전을 찾고 있었던 것이다. 아내와 헤어지고 나서 여자에게 관심을 가져 보기는 처음이었다.

"친구분은 좀 좋아지셨어요?"

선희가 정식의 안부를 물었다. 정식은 상준과 초등학교부터 고등학교를 함께 다닌 오랜 친구였다. 상준이 내성적이고 조용한 성격인데 반해 정식은 운동을 좋아하고 활달했다. 상준이 삼십여 년의 철도공무원 생활을 끝낼 즈음, 정식도 중소기업의 상무직에서 퇴직했다. 정식은 퇴직금도 제법 받은 데에다 교사였던 아내가 연금을 받고 있어 경제적으로 걱정이 없었다. 딸과 아들도 모두 결혼해 제자리를 잡은 터라, 혈압으로 쓰러지기 전까지는 각자 취미생활을 즐기며 편안한 노후를 보내고 있었다. 그런 정식과 비교할 때마다 상준은 아내 없이 혼자 늙어 가는 자신이 초라하고 비참하게만 느껴졌다. 상준에게도 불편 없이 노후를 지낼 수 있을 만큼의 여력은 있었지만, 혼자라는 생각이 들 때면 늘 기운이 빠졌다.

"지금 면회하고 오는 길이에요."

대답하는 상준의 목소리가 어두웠다. 며칠 동안에 정식의 상태는 더 나빠져 있었다. 병원에는 팔십여 명의 노인들이 함께 생활하고 있었다. 오십 대 초반부터 구십 대까지의 노인들이 기거하고 있었는데 여자가 훨씬 많았다. 그들 중에 절반 이상이 중증의 치매이거나 말기암, 파킨슨병, 당뇨, 심한 골다공증 환자들이었다. 교통사고 후유증으로 실명한 노인도 있었다.

"바쁠 텐데 뭐하러 또 와. 데이트나 하지."

정식의 말이 느린 데다 발음이 분명치 않아 상준은 간신히 알아들었다. 선희와의 일을 알고 있는 정식은 상준을 볼 때마다 둘 사이가 얼마나 진척되었는지 궁금해했다.

"허구한 날 남아도는 게 시간뿐인데, 바쁠 일이 뭐가 있겠어. 그보다 몸은 좀 어때?"

"괜찮아, 많이 좋아졌어."

그렇게 말을 했지만 정식의 상태는 절망적이었다. 상황은 사실 하루가 다르게 나빠지고 있었다. 다시 두 발로 걸어 다닐 수 있을까, 하는 말을 할 때에는 눈물까지 글썽였다. 정식은 스스로 밥을 먹을 수도 없었고 대소변을 해결하지도 못했다. 할 수 있는 일이라고는 어눌하게나마 의사를 표현하고 오른손을 쓸 수 있는 정도였다. 눈동자는 이미 초점을 잃었고 귀도 잘 들리지 않는지, 물었던 말을 묻고 또 물었다. 정식을 바라보는 상준의 마음이 무겁게 가라앉았다.

“빨리 결혼해. 그래서 선희 씨와 같이 살아.”

“그래, 나도 그러고 싶은데 자식들이 불편해해서 말이야.”

“자식 소용없어. 다 필요 없어.”

정식은 화가 나는지 손사래까지 치며 역정을 냈다.

상준이 종이컵을 휴지통에 버리고 앉으려는데 오락프로그램을 시청하고 있던 노인이 상준을 보고 알은체를 했다. 상준이 가볍게 목례를 했다. 시커먼 검버섯이 뺨 한쪽을 다 가리고 있었지만 병원에서 봤을 때와는 딴판으로 얼굴에 화색이 돌았다. 노인의 부인은 정식이 입원해 있는 병원에서 5년째 투병 중이었다.

교실처럼 넓은 공간에 한 평 남짓한 침대가 서른 개 정도 배열되어 있었다. 노인들은 그 한 평의 침대에서 밥을 먹고 잠을 자고 슬퍼하고 지루해하며 하루하루를 버텨 내고 있었다. 그나마 스스로 식사와 배변을 해결할 수 있는 노인들은 나은 편에 속했다. 자신의 힘으로는 손가락 하나 까딱할 수 없는 중증인 경우에는 밥 먹고 대소변을 해결하는 일련의 일들이 곧바로 고통일 수밖에 없을 터였다. 상준은 노인들을 보며 생각했다. 말조차 할 수 없는 노인들은 속으로 생각할 것이다. 내가 왜 어쩌다가 이렇게 되었을까, 하고 말이다. 그러나 누구도 속 시원한 대답을 해 줄 리 없었다. 노인들은 시간이 흐르는 동안 자신이 처한 상황이 인간이기에 피해 갈 수 없는 벼랑이라는 사실을 깨닫게 되었으리라.

검버섯 노인의 부인은 늘 노래를 불렀다. 식사 시간과 잠이 들었을 때를 제외하고는 끊임없이 노래를 불렀다. 알아들을 수 없는 외마디에 지나지 않는 소리였지만 어느 누구도 할머니를 제지하지 않았다. 할머니의 노래는 어쩌면 동굴처럼 가라앉은 병실에 활력을 주는지도 몰랐다. 할머니가 노래를 부르는 동안 침대에 누웠거나 앉아 있던 노인들은 모두 귀를 기울였다. 그리고는 각자의 생각에, 아니 기억조차 희미한 가족들과 보고 싶은 누군가를 떠올리려 애를 쓰는 모습이었다.

무표정하게 굳어 있던 노인들의 얼굴에 붉은 기운이 돌고 입가에 희미한 미소까지 어렸다. 그 순간만큼은 팔이 비틀어져 수저를 들지 못해도, 입가에 맴도는 말을 할 수 없어도 괜찮은 것 같았다. 기저귀를 차고 있는 현실이 스스로도 믿어지지 않을 터였지만, 노래를 들을 때만큼은 자상하고 따뜻한 위로를 받고 있는 표정들이었다.

'아, 저 할머니가 또 노래를 부르는구나.'

노인을 휠체어에 앉히고 링거액을 조절해 주고 있던 간호사도 잠시 손길을 멈추고 할머니의 노랫소리에 귀 기울였다. 그럴 때면 검버섯 노인은 눈물을 슬쩍 찍어 내곤 했다. 검버섯 노인이 노란색 재킷을 입은 할머니의 손을 잡고 홀 중앙으로 들어가며 상준에게 찡긋 윙크를 했다.

상준은 선희의 손을 힘주어 잡았다. 선희가 잡힌 손을 빼내려 하자 상준은 더 세게 잡았다. 살짝 흘기듯 상준을 바라보던 선희가 잡힌 손을 그대로 두었다. 선희는 그동안 살이 많이 빠진 것 같았다. 보기 좋게 통통하던 볼이 꺼지고 얇은 눈꺼풀이 움푹해 중병을 앓고 난 사람처럼 보였다. 염색을 하지 않아 밑머리가 하얗게 올라와 있었다. 만나지 못한 동안 속앓이를 한 티가 역력했다. 상준은 자신이 우유부단해서 선희를 아프게 한 것 같아 마음이 착잡해졌다.

어렵게 선희와의 결혼 말을 꺼냈을 때 아들은 말도 안 된다며 일축해 버렸다. 아들이 반대한다는 상준의 말을 전해들은 선희도 크게 상심했다. 아들을 설득시키는 일이 쉽지 않을 거라고 짐작은 했지만, 막상 절대 안 된다는 태도는 섭섭하고 화가 났다.

그렇다고 포기할 생각은 없었다. 그동안 몸과 마음까지 병들어 버릴 만큼 충분히 외롭게 살아왔다. 상준은 남은 삶을 또 혼자 지내야 한다면 차라리 더는 살고 싶지 않다는 생각마저 들었다.

상준이 선희를 안쓰럽게 바라보았다.

"걱정하지 마세요. 그냥, 제가 어떻게 해야 할지 생각할 시간이 좀 필요했어요."

말을 마친 선희가 고개를 푹 꺾었다. 상준은 놓았던 선희의 손을 다시 잡았다.

"우리가…… 포기해야 하는 걸까요?"

말을 하는 선희의 표정이 어두워졌다. 상준의 뇌리에 아들이 했던 말이 떠올라 괴로웠다. 그러나 아내가 남은 생을 자신을 위해 살겠다고 했듯, 상준도 남은 인생을 행복하게 살고 싶었다.

"아버지가 끝까지 고집을 부리시겠다면 저와 그 여자 두 사람 중에 한 사람을 선택하세요!"

아무리 너그러이 아들을 이해하려 했지만 도저히 참을 수 없었다. 아들도 이제 성인이 되었으니 아비의 외로움을 이해해 줄 줄 알았다. 입 밖에 내지는 않았지만 아내와 헤어지고 상준이 얼마나 외롭게 지내왔는지는 누구보다도 아들이 가장 잘 알 거라고 믿었다. 쌍수를 들어 환영하지는 못하더라도 상준이 마치 잘못을 저지른 것처럼 못마땅해하는 태도에는 배신감마저 들었다.

　상준이 대장암 수술을 하고 어느 정도 회복이 되고 있을 즈음, 아내가 집을 나갔다. 짐작 가는 데는 모두 수소문을 해 보았지만 아내는 흔적조차 남기지 않고 완벽하게 사라졌다. 이해할 수도, 하고 싶지도 않았다. 아내는 결국 석 달 만에 처남을 통해 이혼하고 싶다는 의사를 전해 왔다. 아내가 원한다면 해 주겠지만 그보다 먼저 아내와 만나 이유를 듣고 싶다고 했다. 몇 번 실랑이가 오간 끝에 어렵게 시내 찻집에서 아내와 마주 앉았다.

　아내는 그 사이에 많이 변해 있었다. 어깨까지 내려오던 굵은 웨이브 머리가 짧은 커트 머리로 바뀌어 있었다. 상준은 아내의 긴 머리를 좋아했다. 분홍색 매니큐어를 칠한 손톱이 제법 길었다. 반짝거리는 손톱을 바라보면서 상준은 엉뚱하게도 다시는 아내가 해 주는 밥을 먹지 못할 것 같다는 생각을 했다. 아내의 변한 모습에 상준은 속으로 놀랐지만 내색하지 않았다. 긴 침묵 끝에 아내가 먼저 입을 열었다.

　"당신하고 사는 동안 나는 늘 불행했어요. 물론 당신은 가장으로서 또, 남편으로서의 역할에 충실했고 특별하게 나쁜 점도 없었어요. 당신은 이해하지 못하겠지만 바로 그런 점이 나는 참을 수가 없었어요."

　상준과 살 때보다 훨씬 젊고 활기차 보이는 외모와는 달리, 피곤에 지친, 탁하고 갈라진 목소리였다. 상준의 호흡과 맥박이 빨라졌다. 감정을 가라앉히려 주먹으로 입을 가리고 기침을 했다. 아내는 화가 나거나 슬퍼 보이지는 않았다. 마치 모르는 사람의 이야기를 전해 주는 것처럼 차분하고 담담했다.

"당신 입장에서는 이러는 내가 이해 안 될지도 모르겠어요. 그래도 어쩔 수 없어요. 아이들도 이제 다 컸으니 늙은 부모가 같이 살지 않는다 해도 크게 충격 받지는 않을 거예요. 그리고 무엇보다 이제부터 남은 시간은 나를 위해 살고 싶어요. 당신과 상관없이 나 자신으로 말이에요."

"그럼, 그동안은 당신으로 살지 않고 딴 사람으로 살았나. 사실 그 말은 핑계고, 다른 이유가 있는 거 아냐? 가령……."

"가령, 뭐요? 분명하게 이야기하세요."

"말하자면, 같이 살고 싶은 남자라도 있는 게 아닌가 해서 말이야."

상준이 어깃장을 놓았지만 아내는 놀라는 빛도 없이 차분했다.

"당신의 아내로 사는 삶은 행복하지 않았어요. 당신은 늘 냉정하고 멀게만 느껴졌어요. 한 번도 온전하게 내 편이 되어 준 적도 없었죠. 아버지로서, 가장으로서는 흠잡을 데가 없었지만 나는 그런 당신이 원망스럽고 야속했어요. 당신과 살면서 나는 늘 어른을 모시는 심정으로 살았어요. 하지만 남자 얘기는 말도 안 돼요. 그런 의심을 했다면 당신, 죄받을 거예요."

말을 끝낸 아내가 찻집을 나갈 때까지도 상준은 한동안 자리를 뜨지 못했다. 방금 전에 들었던 아내의 말들을 도무지 납득할 수 없었다. 상준은 한 번도 아내가 자신을 원망하고 있을 거라고 생각해보지 않았다. 살다 보면 서로 다툴 때도 있었지만 그런 일들은 어느 가정에나 있는 일이라고 생각해 왔다. 더구나 그런 사소한 일들이 아내를 불행하게 하리라는 생각은 꿈에서조차 하지 못했다.

그러나 아내의 말대로라면 상준은 냉정하고 인정머리 없는 인간이었다. 아내가 어떤 생각을 하며 사는지도 몰랐다니, 상준은 자신의 머리를 쥐어박고 싶었다. 좀 더 일찍 말해 주었더라면 고칠 수도 있었을 텐데, 하는 생각에 이르자 느닷없이 뒤통수를 치는 아내에게 분통이 터졌다. 상준이 붙잡기엔 아내의 결심은 이미 확고했다. 상준은 크림을 너무 많이 넣어 들척지근한 커피를 숭늉처럼 쭉 들이키고 찻집을 나왔다.

"괘씸한 놈."

선희가 놀라 눈을 동그랗게 떴다.

"아들에게 한 말이에요. 알고 있겠지만 아들놈 반대가 만만치 않아요. 하긴, 간혹 재혼한 사람들 얘기 들어 보면 처음부터 자

식들이 찬성한 경우는 없다고 하더군요. 그래도 그렇지 제 놈이
어떻게……."

　상준은 생각할수록 아들이 괘씸했다. 혼자 남은 아비는 아예
염두에도 없다는 말인가. 이제 더는 자식들 눈치를 보며 머뭇거
리거나 망설일 필요가 없을 것 같았다. 무엇보다 자식들 때문에
선희를 포기하고 쓸쓸하게 혼자 빈집을 지키며 남은 생을 살고
싶지 않았다.

　아내와 헤어지고 나서 상준은 한동안 어딜 가도 방향을 못 찾
고 우두커니 주춤거렸다. 잠이 오지 않아 독한 술을 병째 들이켜
보았지만 아무런 도움이 되지 못했다. 그리고 무엇보다 혼자서
할 일이 없었다. 아내가 곁에 있을 때도 이렇게 많았던가 싶게,
자신 앞에 놓인 시간이 너무 많았다. 아침에 눈을 뜨는 것이 미
운 사람을 만나는 것만큼이나 괴롭고 싫었다. 특히 낮이 긴 여름
철에는 하릴없이 놓인 시간이 원수처럼 여겨질 때도 있었다.

　아내와 헤어지고부터는 동창모임에도 자주 빠졌다. 부부동반
모임에 혼자 참석하기가 주저되고 꺼려졌다. 일곱 명의 모임 인
원 중 유일하게 상준만 혼자였다. 자격지심 탓인지 친구들이 술
김에 황혼이혼이 유행이라고 한 농담에도 상처를 받고 우울해
졌다. 거기다 왜 헤어졌는지 궁금하다고 물을 때마다 밥 먹던 숟
가락을 던지고 나와 버리고 싶었다. 그러다 보니 모임 때만 되면

어떤 구실을 대고 빠질까 궁리하는 게 습관이 되고 말았다. 결국 보다 못한 딸의 손에 끌려 정신과까지 갔다.

"노인성 우울증은 진단이 간단하지 않습니다. 가장 뚜렷하게 나타나는 증상은 매사에 의욕이 없다는 점입니다. 그 다음으로 온몸이 다 아프다고 호소하는 것이죠. 어깨가 결린다, 다리가 쑤신다, 머리가 어지럽다는 등. 조금 더 심해지면 식욕이 떨어지고 불면증이 나타나고 극단적으로는 자살까지 이어지기도 합니다. 가장 좋은 치료약은 가족들의 따뜻한 배려와 관심입니다."

몇 가지 묻고 난 의사가 간결하고 시원하게 처방을 내렸다. 상준은 자신을 중증환자 취급하는 의사가 못마땅했지만 달리 이의를 제기할 의욕도 없었다. 별수 없이 양순한 소처럼 의사가 처방해 주는 대로 받아온 약을 꼬박꼬박 먹었다. 약을 먹고 나면 잠이 쏟아졌고 정신없이 자고 일어나면 어떨 땐 해가 저물어 있기도 했다.

그러다 불현듯, 더는 약에 의존해서는 안 되겠다는 생각이 들었다. 딸이 허둥거리며 뛰어 다니는 모습을 보는 것도 불편했다. 어린아이를 둘씩이나 데리고 버스로 한 시간 이상 걸리는 상준의 집에 매일같이 오는 일은 무리였다. 상준은 우선 소일거리를 찾아 나섰다. 집에서 걸어 20분 거리에 있는 복지관은 상준에게 무료한 시간을 보내기에 좋은 시설이었다. 상준은 몇 개의 강좌 중에서 서예반에 등록했다. 수강료는 무료였고 재료는 본인이 준비하게 되어 있었다. 복지관에서 근본적인 해결책을 얻을 수는 없다 해도, 자신과 같은 처지의 노인들이 많아서 위안이 되었다.

"다행인지 모르겠지만 제 딸아이는 축하해 주네요. 옆에 같이 있지 못해서 혼자 있는 엄마가 늘 마음에 걸렸는데 잘됐다고요."

선희의 말에 용기를 얻은 상준은 갑자기 아들이 앞에 있는 것처럼 소리쳤다.

"그래, 나도 이렇게까지 하고 싶지는 않았지만 네가 정 두 사람 중에 한 사람을 택하라니 할 수 없다. 나는 이 사람과 남은 생을 보내고 싶다."

상준의 고함 소리에 홀 안에 있던 노인들이 일제히 두 사람을 쳐다보았다.

"잘 생각했어요. 지금 당장이라도 식을 치르고 합쳐요."

언제 왔는지 대머리 노인이 거들고 나섰다.

"나도 마땅한 사람만 있으면 결혼하고 싶어요. 서로 좋아하는 사람이 있는데 뭣 땜에 청승맞게 혼자 살아요?"

빨간 티셔츠 노인도 이에 질세라 합세했다. 어느새 노인들이 결혼식 하객처럼 상준과 선희 옆에 몰려들었다. 얼떨결에 상준은 주례 앞에 선 신혼부부처럼 선희의 손을 잡고 섰다. 누군가 딴, 딴, 딴, 딴, 딴, 딴, 딴, 따아안…… 하고 선창을 하자 모두 입을 모아 결혼행진곡을 따라 불렀다. 상준은 무슨 일이 있어도 놓지 않겠다는 듯 선희의 손을 힘주어 잡았다.

"이제부터 두 사람이 부부가 되었음을 선포합니다."

빨간 티셔츠 할아버지의 결혼 선언이 끝나기 무섭게 홀이 떠나갈 듯 박수가 터져 나왔다.

타인들의 대화

막내딸

화를 참지 못하고 수화기를 집어던지고 말았다. 더 듣고 있다가는 심장이 폭발해 버릴 것 같았다. 전화기는 신발장 속에 처박혀서도 끊임없이 비난과 원망을 쏟아 내고 있었다.

큰언니의 패악은 엄마가 병원에 입원할 즈음 절정에 달했다. 처음 전화를 받았던 순간을 잊을 수 없다. 그때 나는 한 여성 작가의 신작 소설을 읽고 있었다. 책에 집중해 있던 터라 벨소리가 대여섯 번 울린 다음에야 받을 수 있었다. 큰언니였는데 대뜸 첫 말이 "네년이 그럴 수 있어?"였다. 앞뒤도 없이 도대체 무슨 말이냐고 물으려는데, 미처 말을 꺼내기도 전에 욕부터 튀어나왔다.

"교활한 년, 네년이 돈을 노리고 엄마를 데려간 걸 진작부터 알았어. 계획적으로 일을 꾸몄겠지. 겉으로는 엄마를 위하는 척하면서 제 실속 차리느라 형제간의 도리도 내팽개치는 살쾡이 같은 년. 분명히 엄마가 그렇게 말했어. 네년이 엄마 돈 다 털어 갔다고. 그래서 이제 나는 다 털리고 빈털털이가 되었구나, 하고 기막혀했단 말야. 그리고 또 뭐랬는 줄 알아? 더 있다가는 그나마 남은 것도 몽땅 뺏길 것 같아 목숨 걸고 탈출했다고 말했어. 한 번도 아니고 서너 번씩이나. 내가 거짓말하는 것 같으면 다른 형제들에게도 물어봐. 아들네서 말하는 걸 다 같이 들었으니까. 이런데도 아니라도 할 거야? 엄마가 치매가 든 것도 아닌데, 끝까지 아니라고 우기면 언제까지 숨길 수 있을 것 같아? 너는 처음부터 엄마 아픈 건 관심도 없었잖아. 교활하게도 속셈은 딴 데 있으면서 아픈 엄마를 위하는 척하고, 더러운 년."

분을 이기지 못한 큰언니가 금방이라도 수화기 속에서 튀어나와 내 목을 조를 것 같았다. 나도 모르게 목에 손이 갔다.

큰언니의 패악이나 욕설이 새삼스러운 일은 아니다. 어쩌다 엄마가 조기 토막을 내 앞으로 밀어 주며 먹어 보라고 할 때도 그랬고, 열이 펄펄 끓는 나를 안쓰러워하며 간호해 줄 때도 못마땅해했다. 그뿐 아니다. 아버지의 기일에 명태전을 부치던 엄마가 화장실에 가기 위해 잠깐 봐 달라 했을 때도, 막내를 놔두고 자기만 부려 먹는다고 심통을 부렸다. 웬만한 부모 나이만큼 터울이 많이 나는 데도 큰언니는 다른 형제들에 비해 유독 나에게만 인색하고 까탈스레 굴었다.

욕설은 비수가 되어 내 심장을 찌르고 헤집었다. 어느 날 길을 가다 난데없이 날아온 돌멩이를 맞은 기분이 이럴까. 내게 일어나고 있는 일들이 비현실적으로만 느껴졌다. 복면으로 얼굴을 가린 괴한에게 숨겨 둔 보따리를 내놓으라고 닦달을 받는 기분이기도 했다. 도대체 이따위 말도 안 되는 일이 일어나고 있는데도 정작 내가 할 수 있는 일은 아무것도 없었다.

"김순순 할머니 기저귀 갈 때 옆에 놓아둔 연고와 파우더를 꼭 좀 발라 주시기 바랍니다."

A4용지에 검정 매직펜으로 쓴 종이를 침대 머리맡에 붙였다. 이렇게 해야 간병하는 여사들이 잘 볼 수 있다. 집에서 미리 준비해 온 것은 잘한 일 같다.

그저께 병원에 왔을 때 엄마는 짓무른 엉덩이가 아프다며 내게 약을 좀 사다 달라 했다. 엄마는 내 귀에 입을 바싹 대고도 누가 들을까 봐, 주위를 두리번거리며 낮게 속삭였다. 맺고 끊음이 분명한데다 여간해선 자식이라도 부탁을 하지 않는 엄마였는데,

엉덩이의 욕창이 더는 견디기 힘들었던지 고통을 호소했던 것이다. 마침 간병인이 기저귀를 갈러 와서 나는 밖으로 나가는 척하다 도로 들어와 엄마의 엉덩이를 훔쳐보았다. 살이 쏙 빠지고 뼈만 앙상하게 남아 있는 자리에 아기 주먹만 한 상처가 벌겋게 나 있었다. 엄마는 심한 골다공증이었는데, 통증은 있어도 생활하는 데는 별 지장이 없던 다리가 화장실 출입도 어려워지더니 결국 걷지 못하게 되었다. 상처는 오래되어 살갗이 벗겨지고 진물이 나서 누렇고 둥근 테가 져 있었다. 엄마가 저 지경이 될 때까지 몰랐다는 자책으로 나도 모르게 울컥했다.

문병이라는 것이 습관적이고 의례적으로 닷새나 일주일에 한 번씩 와서 밀린 숙제를 하듯 과자와 음료수를 던져 놓는 것이 고작이었다. 그러면서도 속으론 형제 중에 누가 나만큼이라도 하느냐며 분통을 터트렸다.

병문안을 갈 때마다 가고 싶지 않은 나와 가야 한다는 내가 실랑이를 해야 했다. 가슴 밑바닥에 옹이진 엄마에 대한 서운함과 회한을 부둥켜안고 어떻게 처리해야 할지 몰라서였다. 큰언니가 공격을 해 올 때마다 엄마가 그랬을 리 없다고 도리질을 했다. 설사 엄마가 그런 말을 했다 해도 엄마의 진심이 아니었을 거라고, 그땐 엄마가 정신적인 공황상태였다고 아무리 나를 달래도 위로가 되지 못했다. 그럴 때는 엄마에게 가져다 줄 과일과 음료수가 든 봉투를 싣고 시내를 돌아다니거나 눈에 띄는 극장에 들어가 영화를 봤다. 언젠가는 영화를 보고 나오니 날이 어둑해져 그냥 집으로 와 버린 적도 있다.

얼마 전부터 엄마가 이상하다고 느꼈다. 딸기를 사 갔는데 두어 개만 먹고는 냉장고에 넣어 두라고 했다. 싱싱할 때 드시라며 다시 권했는데 버럭 화를 내더니 "네 아버지가 아직 안 잡수셨는데 어떻게 혼자 먹느냐" 하는 것이었다. 엉뚱한 말에 놀라 돌아가신 아버지가 어디 있느냐 물었더니, 방금 왔는데 옆방에 있을 거라고 했다. 꿈을 꾼 모양이라며 웃어 넘겼지만 엄마는 아버지가 왔다고 확실히 믿는 눈치였다.

지난 주말 저녁엔 간병인을 시켜 전화를 걸어, 오늘이 며칠이냐고 물어 놓고는 갑자기 오줌이 마렵다며 끊어 버렸다. 내가 칠순 때 사 드렸던 살색 주름치마를 작은언니가 사 준 것이라고 꾸역꾸역 우기기도 했다. 점심시간에 병원에 갔는데 밥공기를 식판에 엎어 놓고 반찬만 집어 먹던 적도 있었다. 밥은 안 먹느냐고 물었더니 말간 얼굴로, 간식을 많이 먹어서 속이 더부룩해져 그런다고 했다. 표정이나 말투가 하도 단정해서, 멀쩡한 엄마를 정신없는 사람으로 모는 것 같아 마음이 찔릴 정도였다.

담당의사는 치매 초기증상이라며 앞으로 훨씬 더 나빠질 거라고 했다. 그러고는 탐색하는 듯한 눈초리로, 극심한 충격을 받거나 환경이 변해도 치매가 발병할 수 있는데 엄마에게 그런 일이 있었느냐고 물었다. 의사의 말대로 그동안 갑작스레 벌어진 일련의 일들은 늙은 엄마가 겪어 내기에는 버거운 충격이었을 터였다.

"그렇게 크게 안 써도 될 낀데."

아까부터 내가 하는 모습을 말없이 지켜보고 있던 엄마가 들릴 듯 말 듯 작게 말했다. 심기가 편치 않다는 표현이었다. 엄마는 아직도 기저귀 차는 일이 창피하고 자존심이 상하는지, 내가 있을 때 갈아야 할 시간이 되면 완강하게 나를 밖으로 밀어냈다.

"이래야 잘 보이죠."

내 대답에 엄마는 더 이상 토를 달지 않고 사물함 위의 물병을 끌어당겨 입에 댔다. 분홍색 빨대에 희미하게 물때가 끼어 있었다. 뭐든지 아끼고 버리지 못하는 성격대로 빨대 한 개마저도 오래도록 사용하고 있었다.

많이 아프다는 소식을 듣고 달려갔을 때에도 엄마는 쉰내 나는 찬밥을 끓이고 있었다. 버리고 새 밥을 지어 드리겠다고 해도 한사코 괜찮다고 하며 나를 말렸다. 고집대로 끓인 밥을 엄마는 두 숟갈도 뜨지 않았다. 그대로 두었다가는 굶어 죽을 것 같았다. 앞뒤 잴 것도 없이 몇 가지 필요할 옷가지들을 가방에 넣고 일어섰다. 엄마도 건강에 위협을 느꼈던지 우리 집으로 가서 치료를 받자는 말에 순순히 차에 탔다. 우리 집에 온 다음 날부터 병원을 오가며 치료를 받았더니 엄마의 상태는 많이 좋아졌다. 거렇게 얼어 있던 얼굴색도 맑아지고 아침에 일어나서 가벼운 운동까지 할 수 있게 되었다. 엄마도 만족해했다. 치료가 거의 끝나갈 무렵, 마침 엄마의 생일이었다.

내 집에서 엄마의 생일을 치른 며칠 뒤, 오빠가 새우를 사 들고 왔다. 내가 식사 준비를 하는 동안 오빠와 엄마는 긴한 이야기를 하는 것 같았는데 다투는지 언성을 높이기도 했다. 언뜻언뜻 들리는 말이 돈 얘기를 하는 것 같았지만 내가 끼어들 형편이 아니었다.

저녁을 먹고 나서도 엄마와 오빠 사이에는 냉기가 돌았다. 엄마는 후식으로 내온 과일을 거들떠보지도 않고 멀찍이 떨어져 앉아 한숨만 내쉬었다. 오빠도 베란다에 나가 줄담배를 태우고 있었다. 한참 만에 일어선 오빠가 자기 집에 엄마도 같이 가자고 했다. 엄마가 너무 늦었으니 밝을 때 가겠다고 해도 꼭 지금 같이 가야 한다며 고집을 부렸다. 기어이 엄마를 데려가는 오빠의 행동을 납득할 수 없었지만 말리지 못했다.

오빠를 따라갔던 엄마가 입원했다는 소식을 듣고 달려갔다. 엄마는 내 손을 잡고 방금 마취에서 깨어난 사람처럼 "암만 해도 내가 그때 제정신이 아니었던 모양이다"라며 망연자실해했다. 엄마의 말뜻은 이해가 갔지만 어차피 이제 게임은 끝난 마당이었다.

빨대로 목을 축이고 난 엄마가 "일일이 약꺼정 발라 달라 하면 여사들한테 미안해서 우짜꼬" 하며 걱정을 했다.

"미안해할 것 없어요. 어차피 여사님들이 하는 일이잖아요. 그런 걱정 마시고 엄마 엉덩이나 빨리 낫도록 신경 쓰세요."

나는 조금 과장되게 큰소리로 말했다.

"하기사, 똥오줌까지 남의 손에 받아 내는 판에 염치는 무슨 염치겠노……."

엄마도 마음 편하게 생각하기로 했는지 금방 태도를 바꿔 시원시원해졌다. 엄마 기분도 바꿀 겸, 물수건으로 얼굴을 닦아 내고 로션을 바르고 머리를 빗겼다. 엄마는 병원에 들어오고 나서 커트를 했다. 긴 머리를 땋아 올릴 때에 비해 시간은 적게 들지만 아직까지 낯선 건 어쩔 수 없다.

"자, 봐. 아까보다 훨씬 예뻐졌잖아."

손거울을 꺼내 보라고 내밀었더니 보기 싫은 물건인 것처럼 얼굴을 돌리며 밀어냈다.

"인자는 니 언니나 오빠가 뭐라 안 하나?"

"예, 다 지난 일인데요 뭐. 괜찮아요."

대답은 그렇게 했지만 저주에 가까운 큰언니의 패악은 끊이지 않고 있었다. 아무리 사실이 아니라고, 그런 일 하지 않았다고 해명해도 내 얘기를 들으려 하지 않았다. 진실이 만일 신체의 일부라면 떼어서 보여 주고 싶었다.

끝도 없이 쏟아지는 언니의 욕설과 저주를 듣고 있노라면, 하필 그날 물건 말을 꺼낸 남편이 원망스러워졌다. 그보다는 엄마가 차라리 못 들은 척했으면 이런 일이 생기지 않았을 텐데, 하는 마음마저 들었다. 남편과 걱정하는 소리를 들은 엄마가 나를 불러 전후 사정을 물었고 나는 사실대로 말했다. 엄마가 도와준다면 고맙긴 하겠지만 한편으론 돈을 빌려 주지 말았으면 하는 마음도 들었다. 또다시 매달 이자를 갚기 위해 엄마를 찾아가야 하고 그때마다 벌 받는 것처럼 질책을 듣고 싶지 않았다. 내 마음을 읽었는지 엄마가 전과 다르게 너그러운 얼굴로 필요한 금액을 묻고는 선뜻 빌려 주겠다고 했다. 엄마에게는 내가 짐작하는 것보다 훨씬 많은 돈이 있는 것 같았다.

매장 운영자금 때문에 예전에도 엄마에게 두어 번 돈을 빌린 적이 있었다. 남편이나 나나 엄마 말고는 어디에도 땡전 한 푼 빌릴 데가 없었다. 그런 사정을 훤히 알고 있는 형제들로서는 당연한 추측일지도 몰랐다.

이자까지 깨끗이 갚긴 했지만 엄마에게 돈 얘기를 해야 할 때마다 모멸감 때문에 땅속으로 꺼져 버리고 싶었다. 돈이 급해지면 은근히 내 눈치를 살피는 남편의 눈길도 괴로웠다. 처음엔 모르는 척 피해 보기도 했지만 결국엔 엄마에게 달려가곤 했다. 돈을 가진 엄마 앞에만 서면 한없이 초라하고 작아졌다. 애비는 뭘 하고 네가 이 꼴을 하고 다니느냐며 안쓰러워했지만 오히려 그 말이 더 상처로 남았다. 그때 나는 엄마가 질책하지 말고 그냥 좀 빌려 주면 얼마나 좋을까, 하고 생각했다.

돈을 쥐고 엄마는 눈물이 날 정도로 질책하고, 나는 속으로 수표 마감시간을 재느라 발을 동동 굴렀다. 한 번은 남편이 목이 빠지게 기다릴 줄 뻔히 알면서도, 맨 정신으로는 버틸 자신이 없어 빌린 돈을 들고 낮술을 마셨다. 남편을 만나면 내가 어떤 행동을 할지 알 수 없어서였다. 엄마에게 빌린 돈을 다 갚을 무렵부터는 매장이 어느 정도 자리를 잡게 되었다. 더는 엄마에게 돈을 빌리러 가지 않아도 된다는 사실이 너무 좋아 남편과 나는 축배까지 들었다. 매장은 사오 년 정도 잘되었는데 요즈음 다시 나빠지고 있었다.

"마, 다 잊어버려라."

"나도 잊고 싶은데 너무 억울해서 잊히지가 않네요. 그런데요, 언니나 오빠는 정말 내가 엄마 돈을 다 털어 갔다고 믿는 걸까요?"

내 물음에 엄마는 심상하게 대답했다.

"그러게 말이다, 그걸 누가 알겠느냐."

아들

늦은 밤, 병원에서 전화가 왔다. 돌아가셨다는 말인가 싶어 가슴이 두근거렸다. 요즈음 어머니의 건강이 눈에 띄게 나빠지고 있었다. 식사량이 현저하게 줄어들고 방금 전에 있었던 일도 기억하지 못하고 잊어버리기 일쑤였다.

"할머니가 아무래도 이상합니다. 조금 전에 침대 밑에서 칼을 꺼내더니 자기 머리를 찌르겠다고 했어요. 간병인이 왜 그러느냐고 물었더니 집에 데려다 주지 않으면 죽어 버리겠다면서, 데려다 준다고 약속을 하라는 거예요. 그래서 약속을 하고 간신히 칼을 뺏었어요. 그런데 아무래도 마음이 놓이지 않아서요. 사실 보호자분한테는 말씀 못 드렸는데, 그저께도 비슷한 일이 있었거든요. 그땐 대수롭지 않게 생각했는데 지금은 그냥 넘길 일이 아닌 것 같아요."

다음 날 일찍 가겠다 하고 전화를 끊었지만 이미 잠은 달아나 버린 뒤였다. 머리가 무겁고 복잡해졌다. 만약 어머니가 치매라면 시간이 갈수록 증세가 심해질 텐데, 상황이 간단하지 않았다.

치매 초기는 가족들이 관심을 기울이고 돌보면 좋아진다지만 나로서는 어떡해야 할지 난감하기만 했다. 집에 모시고 와서 돌봐 드리면 좋아질지도 모른다. 그러나 잠깐이라도 아내에게 어머니를 모시자고 하면 이혼하자고 달려들 게 뻔하다. 마음이 무겁지만 어머니를 병원에 둘 수밖에 없다.

사실 아내만 탓할 일도 아니다. 어머니가 나를 끔찍이 아끼는 것은 알지만 때론 부담스러울 때가 많다. 어느 부모가 자기가 낳은 자식에게 보상을 바랄까마는, 우리 어머니는 좀 다르다. 입만 열었다 하면 자신이 자식들을 위해 얼마나 헌신하고 고생했나 하는 공치사를 늘어놓는 바람에 진저리가 날 지경이다. 거기다 지금 우리가 이나마 밥술이라도 먹는 것이 다 당신 덕인 줄 알라는 대목에 이르면 목 안에 있던 밥알이 튀어나오려 한다.

어머니가 심한 감기로 고생하고 계신 것은 진작에 알고 있었다. 내 집으로 모시고 갈까 하는 생각도 해 봤지만 어머니를 모시고 갔을 때 벌어질 상황을 상상하면 포기할 수밖에 없었다. 아이들은 그렇다 쳐도 아내가 어떻게 나올지 뻔했기 때문이었다.

결혼하고 일 년 정도 한 집에서 살아 봤지만 어머니와 아내는 물과 기름처럼 서로 맞지 않았다. 신혼의 즐거움도 별로 느끼지 못했고 어떻게 해서든지 그런 불편한 상황을 피하고만 싶었다. 간신히 일 년을 채우고 분가를 했다. 이사하는 날 어머니는 끝내 대문 밖에도 나와 보지 않았다. 분가를 한 것도 따지고 보면 어쩔 수 없는 일이었다. 결혼 전부터 혼자 쓰던 방은 둘이 누워도 남는 공간이 없을 정도로 빠듯했는데, 첫아이가 태어났을 땐 아이가 누울 자리도 없었다. 어머니는 옛날 말을 하며 그보다 더 작은 방에서도 네다섯 식구가 살았는데 살림을 나기 위해 핑계를 대는 것뿐이라며 못마땅해했다. 그때도 나는 속으로 많이 섭섭했다.

살림을 나고 나서는 일주일에 한 번꼴로 어머니를 보러 갔다. 어머니 집 대문을 열고 들어갈 때나 나올 때마다 동네사람들이 손가락질을 하는 것 같아 뒤통수가 따가웠다. 그런 자신에게 화가 나, 나는 잘못한 게 없다고 혼자 중얼거리기도 했다. 그러나 여전히 뒤통수가 타들어 가는 것 같은 느낌을 지울 수가 없었다. 막내가 어머니를 제 집에 모시고 가서 돌봐 드리고 있다는 말을 들었을 때 한결 안심이 되고 미더웠다.

어머니가 좋아하는 새우를 사 들고 막내 집으로 갔다. 아내가 우연히 막내네 가게에 물건 넣는 광경을 보았다는 말을 들은 날이었다. 아내의 말을 듣는 순간 직감적으로 어머니가 돈을 해 줬을 거라는 생각이 들면서 뭔가 잘못 돌아가고 있구나 싶었다.

저녁 준비를 하고 있던 막내는 큰소리로 "엄마, 오빠 왔어요" 하고 소리쳤다. "뭐, 애비가 왔다꼬?" 하는 소리가 작은방 쪽에서 들렸다. 어머니가 나를 보더니 "얼라들은 다 잘 있제?" 하고 물었다. 손주들이 보고 싶은 눈치였다. 당장이라도 손주들을 보러 가자고 하면 일어나실 태세였다.

"예, 잘 있어요. 아픈 거 다 낫고 나면 아이들 보러 가시죠. 애들도 할머니 보고 싶다고 그러던데……."

어머니의 얼굴이 금방 환해지며 "그래, 나으면 가야지" 하고 말했다. 저녁상에는 어머니가 좋아하는 미역나물과 갈치구이와 꽃게탕이 나왔다. 내가 들고 간 새우도 쪄서 올려놓았다. 막내는 갈치와 꽃게살을 바르고 먹기 좋게 김치를 찢어서 어머니의 숟가락 위에 얹어 주었다. 어머니가 수저를 놓으려 하자 막내가 한술만 더 떠 보라고 재촉을 하고 조카들도 한마디씩 거들었다. 그러나 어머니는 반 공기도 못 비우고 상을 물렸다. 잠시 아픈 어머니에게 이런 말을 해도 될까 하는 갈등이 일었다. 그러나 막내가 어머니 돈을 다 빼 갈 수도 있다는 생각을 하면 미룰 수만은 없었다. 무엇보다 나에게는 윤씨 집안의 재산을 지켜야 할 책임이 있었다.

어머니는 내가 묻는 말에 순순히 대답을 했다. 그즈음 가게 사정으로 고생하던 막내가 울고불고 난리를 쳐서 어쩔 수 없이 빌려 주었다고 했다. 내게 말하는 어머니 표정이 흔쾌히 빌려 준 것 같아 보이지는 않았다. 막내가 얼마나 난리를 쳤는지 짐작이

갔다.

　자정이 다 되어 일어서는데 어머니가 따라 나섰다. 밤이 늦었으니 다음 날 가자고 달래도 기어이 가겠다며 내 팔을 붙잡고 놓질 않았다. 어느새 어머니는 가방까지 들고 있었다. 아내가 어떻게 나올지 신경이 쓰였지만 설마 하룻밤인데 어쩌겠냐 싶어 어머니를 모시고 집으로 갔다.

　늦은 밤에 나타난 어머니를 보고 아내는 약간 놀라는 눈치였다. 나는 아내에게 먼저 자라고 하고 건넌방에 자리를 펴 드렸다. 주무시라는 말을 하고 나오는데 어머니가 할 말이 있다며 불렀다. 도로 앉았더니 대뜸 어머니 집을 내 명의로 넘겨 가라고 했다. 딸들이 섭섭해할지 모르지만 어머니는 오래전부터 아들에게 주려고 작정하고 있었다고 했다. 그럴 필요 없다고 사양을 해도, 몸도 많이 안 좋아 어떻게 될지 모른다며 기어이 옮겨 가라고 재촉했다. 어머니의 성화에 떠밀리듯이 명의를 이전했다. 너무 급하게 일이 돌아가는 것이 아닌가 싶어 도리어 내가 얼떨떨했다. 어머니는 절대 딸들은 모르게 처리해야 한다며 몇 번이나 다짐을 했다.

　어머니가 아무리 알릴 필요 없다고 했지만 나는 도리상 그냥 넘어갈 수 없었다. 누나들을 불러 일의 정황을 알려 주고 각자의 몫만큼 나눠 주었다. 막내는 이미 챙겨 갔으니 굳이 알릴 필요가 없었다.

　이번 일뿐만 아니라 상속 문제도 한 치의 오차 없이 공정하게 이행했다. 아버지가 돌아가실 그때 당시의 법대로 소급해서 집행했고 이는 여 형제들도 동의한 사실이다. 헌데 지금까지도 그 일을 들먹이며 마치 나를 도둑놈 취급하는 꼴이 어이가 없다. 양심이 없어도 유분수지, 어떻게 책임은 아들의 절반도 지지 않으면서 유산은 똑같이 받아 가겠다는 것인지 모르겠다. 집안의 경조사만 해도 아들인 나는 모두 참석하지만 여자 형제들은 자신들 편한 대로만 한다. 그뿐인가. 어머니를 보러 가는 일도 딸들이 한 번 갈 때 나는 두 번 세 번 간다. 또 아버지 제사는 내가 아니면 누가 모실까. 현실이 이러한데 아들과 딸이 똑같이 재산을 나누어야 한다니 말도 안 되는 소리다. 누가 뭐라 해도 나는 이 집안의 장남이다.

엄마

　대변처리를 해 주고 휴지와 물뿌리개를 챙긴 간병인이 코를 막으며 병실을 나갔다. 간병인이 눈앞에 보이지 않을 때까지 기다린 나는 그때서야 슬그머니 몸을 일으켰다. 기저귀 접착부분이 밀려나 또 맨살에 붙은 것인지, 마치 살점을 떼 낸 것처럼 옆구리가 따갑다. 기저귀를 갈 때마다 어긋나지 않게 붙여 달라고 부탁했는데도 간병인은 귓등으로 흘려버리고는 들은 척도 않는다. 일이 손에 익은 경력자들도 그런 형편이니 실습 나온 교육생들은 사람을 아예 짐짝 취급하기 일쑤다. 하지만 그것도 참아야 하겠지. 원장 선생님은 아침저녁 회진 때마다 몸이 좀 나아졌는지는 물어보지 않고 그저 나이 들면 무조건 입을 다물고 있어야 한다는 말만 늘어놓았으니까.

그동안 하고 싶어도 입을 꾹 다물고 하지 못한 말들이 얼마나 많을지. 세월을 거슬러 올라갈 필요도 없이 이곳에 들어오기 전에 일어난 일만 말해 보라 해도 한 달이 모자랄 정도다. 헌데도 한 달은 고사하고 아직 누구에게 십 분도 말해 보지 못했다. 하긴 대통령까지 했던 양반도 할 말을 다 못하고 죽었다는데, 오늘 죽을지 내일 죽을지 모르는 나 같은 산송장이야 말해 무얼 할까.

꼭 하려고 했다면 할 수도 있었지만, 다른 사람에게야 그렇다 치고 자식에게라도 막상 말하려 하면 입이 떨어지지 않았다. 자식들은 머리통이 커지면서 내 말은 무조건 잔소리로 싸잡고 손톱만 한 충고라도 하려 들면 듣기 싫다며 자리를 피해 버렸다. 거기다 요즘은 걸핏하면 치매 탓이라며 정신 나간 노인네 취급을 하니 더 못할 형편이다.

그런 사소한 건 그렇다 쳐도 아들이 집 명의를 바꾸는 서류에 도장을 찍으라고 했을 때는 안 된다고 했어야 했다. 마음속으로는 수천 번도 넘게 안 된다고 다짐을 했지만 입은 꿰맨 것처럼 열리지 않았다. 결국엔 아들이 하자는 대로 로봇처럼 서류를 건네고 도장을 찍고 이름을 쓰고 마지막에는 짐을 챙겼다. 그러고 나서 정신을 차려 보니 어느새 나는 병원에 들어와 있었다.

시간이 흘러도 그때 일만 떠올리면 억장이 무너진다. 아파서 며칠을 꼼짝도 못하고 앓고 있을 때 아들놈이 매일 찾아오기는 했다. 사나흘 지나면 괜찮겠지 했는데, 날이 가도 차도가 없었다. 일주일을 넘길 무렵에는 내심 아들이 제 집에 좀 데려가 주었으면 싶었다. 한약이라도 한 제 달여 먹고 조리를 하고 싶었다. 거기다 내 생일이 바로 코앞이었다. 해마다 내 집에 모여서 생일을 해 먹었지만 몸이 아파서 그런지 마지막이 될지도 모르겠다는 생각이 들어 이번엔 아들집에서 하고 싶었다. 그러나 아들이 먼저 말을 꺼내지 않은 한 내가 먼저 얘기를 꺼낼 수는 없었다. 아들은 끝내 일언반구도 없었고 때마침 막내가 와서 제집으로 나를 데려갔다.

막내가 제집에 가자고 했을 때도 마음이 선뜻 내키지는 않았다. 단 며칠이라도 집을 비우려면 이것저것 집단속도 해야 하는데다, 사실은 아픈 몸으로 딸집에 가고 싶지 않았다. 옛말에 아들은 누워서 인사를 받고 사위는 서서 받는다고 했는데, 편한 집을 두고 딸집에 가서 눈치 보기가 싫었다. 막내는 가자고 하고 나는 안 간다 하고, 네댓 번 실랑이를 벌이다 결국 마지못해 막내를 따라갔다.

막내 집에서 병원도 다니고 침도 맞으며 결국 생일까지 치렀다. 둘째 딸은 생일 하루 전에 와서 음식준비를 했는데 무슨 사단이 났는지 큰딸은 끝내 오지 않았다. 작은딸 말로는 집안에 중요한 일이 생겨서 못 온다고 했다는데, 사정이야 어쨌든 어미 생일보다 더 중요한 일이 뭔지 모를 일이었다.

생일도 지나고 이제 집에 가야지 하고 있는데 막내가 내 손을 잡고 사정을 이야기했다. 막내네는 전자제품 대리점을 하고 있었는데, 대량으로 싼 물건을 살 수 있는 기회가 있다며 저한테 맡겨 두었던 돈을 잠시 동안만 빌려 달라는 말이었다. 막내 집에 갈 당시에는 하도 심하게 아파서 어떤 일이 생길지 몰라 지니고 있던 통장과 도장 모두를 맡겨 두었던 참이었다. 막내에게 사정을 듣고 나니 놓치기 아까운 기회여서 결국 빌려 주기로 했다. 막내 내외는 물건을 넣기만 하면 곱장사가 되니 금방 갚겠다며 걱정 말라고 했다. 나는 막내에게 돈을 빌려 주는 대신 다른 형제들에게는 비밀로 하자고 제안했다. 돌려받으면 그만일 일을 공연히 긁어 부스럼 만들 필요는 없을 것 같았다. 막내도 막내지만 내 입장이 더 곤란해질 것 같아서였다.

가게에 물건도 들여놓고 막내네도 한시름 돌린 터라 이제 집에 갈 준비를 해 놓았는데, 아들이 전화도 없이 불쑥 들이닥쳤다. 아들은 내가 좋아하는 새우를 사 왔는데 표정이 심상치 않았다. 혹시 몸이 안 좋은가 싶어 가슴이 철렁 내려앉았다. 어디 불편한 데가 있느냐 했더니 아들은 대답 대신 퉁명스럽게 "어머니, 지금 가지고 있는 돈이 얼마요?" 하고 물었다. 꼭 형사가 죄인 취조하는 말투 같아 언짢았다.

직장에서 면도칼이라는 별명이 붙을 만큼 아들은 일처리가 정확한 데다 차갑고 냉정한 성격이다. 특히 무언가를 따지거나 대들 때는 더했다. 뜬금없이 돈은 무슨 돈이냐고 나름대로 딴청을 부렸더니 아들 얼굴이 붉어지며 "막내가 이번에 물건을 대량으로 잡았다던데 엄마가 돈을 안 줬으면 어디서 그런 큰돈을 구했겠어요?"라며 소리를 질렀다.

제 놈이 벌어다 맡겨 놓은 것도 아닌데 무슨 권리로 어미를 다그치는지 어이가 없었다. 사실여부야 어떻든 뭔 근거로 어미한테 대드느냐고 했더니, 며느리가 막내네 점포 옆에 있는 수영장에 다니는데 가게에 물건 넣는 걸 봤다더라고 했다. 결국 몇 번 뻗대다가 막내가 사정이 급해서 빌려 주었다고 실토했다. 절대 거저 준 것이 아니라 이자를 받고 빌려 주었다는 말도 했다. 말이 끝나기도 전에 아들은 이러다가 막내년한테 윤씨 집안 재산 다 털리겠다며 눈을 부라리고 씩씩거렸다. 저 몰래 막내한테 재산을 다 준 것이 아니냐며 어깃장을 놓더니, 나를 냅다 제 차에 짐짝 싣듯 싣고는 자기 집으로 가자고 했다. 그 다음부터는 생각하기도 싫다.

제집에 도착하자마자 잠도 못 자게 하며 남은 돈이 얼마냐, 또 누구에게 빌려 주었느냐고 다그치더니 내 집문서 서류에 도장을 찍으라고 했다. 꼭 자동차에 받힌 기분이었다. 자식놈이 부모에게 칼 들이대고 돈 내놓으라는 패륜짓거리는 텔레비전 뉴스에서나 보는 줄 알았는데 아들놈이 하는 짓이 다를 바 없었다. 돈도 돈이지만 남의 일일 때는 흉을 보았던 험한 일이 나한테도 닥쳤구나 싶어 기가 찼다. 그러나 아들과의 일이 늘 그렇듯 마음만 참담할 뿐 곱다시 당할 수밖에 없었다.

한쪽으로만 자세가 기울어 있었던 탓인지 허리가 끊어지는 것처럼 아프다. 제발 오늘 밤 저승사자가 와서 나 좀 데려가 주면 얼마나 고마울까.

큰딸

엄마가 막내 집으로 갔다는 말을 들었을 때 걷잡을 수 없이

화가 났다. 고 앙큼한 년이 이유 없이 엄마를 데려갈 리가 없었
다. 예전부터 엄마는 의논할 일이 생기면 막내와 속닥거리곤 해
서 기분이 상할 때가 많았는데, 이번에도 또 그랬구나 싶었다.
몸이 아프면 병원에 가야지, 대체 제집으로 데려가서 뭘 어쩌겠
다는 건가 싶기도 했다. 간병은 핑계일 뿐 다른 속셈이 있을 것
같았다. 결국 내 예감이 맞아떨어진 셈이었다. 엄마 돈을 빼먹으
려고 호시탐탐 노리다가 기회다 싶어 덜컥 일을 저지른 게 틀림
없다.

엄마 생일 건만 해도 그렇다. 내 집에서 생일을 해 드리고 싶
다고 했을 때 엄마가 흔쾌히 좋다고 했는데 막내년이 엄마를 꼬
드겨서 일을 틀어지게 만들었다.

막내는 어릴 때부터 영악한 면이 있는 데다 엄마가 대놓고 편
애를 하니 그걸 믿고 엉뚱한 계획을 하고도 남을 터였다. 하긴
엄마가 땡전 한 푼 없었으면 이런 분란이 생기지 않았을지도 모
르겠다.

엄마가 살고 있는 집만은 돌아가실 때까지 놔두라고 그동안
내가 누누이 말해 왔다. 다른 건 몰라도 집만은 남동생도 빼고
장녀인 내가 받고 싶었고, 또 그래도 될 만하다고 생각하고 있었
다. 그랬는데 막내년이 산통을 다 깨 버리고 말았다.

비가 오는 날이었는데 남동생이 꼭두새벽에 갑자기 의논할

일이 있으니 제집에 와 달라고 했다. 얼마나 화가 났는지 씩씩거리는 꼴이 성난 개 같았다. 둘째와 만나서 함께 갔는데 뜻밖에도 아이들 방에 엄마가 누워 있었다. 오라고 전화할 때는 엄마가 계시다는 말이 없었다. 어떻게 된 거냐고 묻자 엄마가 오고 싶다고 해서 모셔 왔는데 몸이 더 안 좋아져서 계속 주무시기만 한다고 했다. 엄마는 기운이 없는지 둘째와 나를 보고도 아무 말이 없었다.

"막내는 왜 안 왔어?"

내 물음에 남동생이 막내는 안 온다고 했다. 남동생 말을 듣고 보니 제 주머니 다 챙긴 년이 여긴 뭐하러 올까 싶기도 했다. 남동생이 인상을 찡그리며 입을 열었다.

"우리 집안에 큰 문제가 생겼어. 막내가 엄마 재산을 다 털어 간 모양인데, 다행히 엄마 살고 있는 집은 아직 손을 안 댄 것 같아. 그래서 내가 막내는 빼고 누나들을 보자고 했어. 지금은 엄마가 살고 있으니 그냥 두었겠지만 조만간 그 집도 막내가 집어먹을 게 뻔해. 나도 엄마 집만은 돌아가실 때까지 그냥 두려고 했지만 막내가 일을 먼저 저질러 놓았으니 넋 놓고 있다간 그마저 홀랑 털리게 생겼어. 그래서 말인데 이참에 엄마 집을 우리 세 사람 중 한 사람 앞으로 명의변경을 해 놓아야겠어. 엄마는 누나들에게 물어볼 필요도 없이 내 이름으로 하라고 했지만, 그래도 누나들에게는 알려 주는 게 도리 같아서 말이야."

말은 세 사람 중 한 사람의 명의로 하자는 것이었지만 결국 아들 앞으로 하겠다는 말이었다. 무슨 명분으로 아들을 제치고 딸 이름으로 할까.

막내년만 아니었으면 그 집은 자연히 내 집이 되었을 텐데, 화가 나서 미칠 것만 같았다. 막내가 눈앞에 있다면 사지를 뜯어내고 싶었다. 둘째도 분통이 터지는지 얼굴이 벌레 씹은 표정이었다. 둘째와 내가 뚱해 있으니까 불편했던지 남동생은 당장은 아니어도 누나들에게도 섭섭하지 않게 해 주겠다며 너스레를 떨었다. 그러나 아직까지 단 한 푼도 쥐어 보지 못했다. 막내년이 엄마 돈을 털어 가지 않았더라면 남동생이 일을 서두르지도 않았을 텐데, 모든 것이 다 막내년 때문이다. 아무리 욕을 퍼부어도 분이 풀리지 않는다.

둘째 딸

엄마를 못 본 지 육 개월이 넘었다. 그동안 몇 번 가 봐야지 하는 생각은 했지만 결국 아직까지 가지 못했다. 저번에 있던 곳에서 다른 병원으로 옮겼다는 말을 들었지만 마음이 움직이지 않았다. 바뀐 병원 위치를 알려주기 위해 내게 전화한 막내 동생과 한 시간이 넘게 이야기를 나누었다. 주로 막내가 말을 했고 나는 듣고 있다가 간혹 "그게 아니야, 너는 잘 몰라" 하는 말만 겨우 했을 뿐이었다. 엄마에 대한 앙금이 깊은 걸 알고 있는 막내는 처음부터 끝까지 "언니가 참아, 아니 그보다 언니가 너무 지나치게 비관적으로 생각하는 것 같아" 하며 나를 설득시키려 애썼다. 그러나 막내가 아무리 설득해도 얼어붙은 마음을 나도 어쩔 수 없다.

오랜 세월, 상처를 받을 때마다 흉터가 생기고 딱지가 앉아 이제는 딱딱해져 버린 가슴을 누구에게 보여 줄 수도 없다. 부모님의 생신이나 명절 같은 때 집에 가면 엄마는 나와 언니나 막내를 대하는 태도가 달랐다. 하다못해 부침개를 먹으라고 줘도 언니와 막내에게는 반듯한 걸 주고 나에게는 찢어지고 탄 걸 주었다. 그럴 때마다 속으로 '아니야, 엄마가 일부러 그러는 게 절대 아닐 거야' 하고 나를 다독이며 혹시라도 섭섭한 기미를 들킬까 봐 전전긍긍했다.

자식 중에도 어려운 자식이 있고 편한 자식이 있다는 말을 들은 적이 있다. 그래서 아마 엄마에게 내가 편해서 그럴 거라는 생각도 했다. 엄마는 내가 결혼을 하고 나서도 일손이 필요할 때만 불렀다. 언젠가 김장을 백 포기나 해 주고 돌아왔는데, 다음 날 막내가 엄마한테 김치를 가지러 갈 건데 같이 가겠느냐고 물었다. 전날 무거운 배추를 나른 탓에 팔과 허리가 꼼짝할 수 없을 정도로 아파서 누워 있던 중이었다. 그때도 가슴 한쪽으로 얼음이 쓱 문지르고 지나가는 것처럼 시렸다.

언젠가 형제들에게 엄마에 대한 섭섭한 심정을 얘기했더니 모두 말도 안 된다며 나를 이상하게 쳐다보았다. 약간의 무시와 원만하지 못한 성격 탓이라는 비난이 느껴지는 표정들이었다. 그때도 그게 사실이라는 걸, 아무도 모르지만 나는 느낄 수 있다는 걸 애써 설명했지만 그럴수록 나는 더 이상하고 속 좁은 사람이 되었다.

형제와 부모에게조차 이해받지 못하는 말을 이제 다시는 안 해야지 하고 마음을 다잡았다가도 시간이 지나면 또 어리석게 속엣말을 하곤 했다.

몇 번이나 맺힌 마음을 풀려고 했다. 비단 엄마만을 위해서가 아니라 나에게도 그래야 할 것 같았다. 엄마가 돌아가시고 나면 아무리 마음을 먹어도 기회가 없을 것이기 때문이었다. 그런데도 생각만 하면 서운함 때문에 가슴속에 바람이 부는 것 같았다.

형제들도 모른다. 나는 중학교에 입학하는 날에도 밭에 나간 엄마를 대신해 새벽에 일어나 아침밥을 지어 놓고 학교에 갔다. 남동생의 고등학교 삼 년 동안에도 통학 기차시간에 맞춰 새벽

밥을 짓고 도시락을 두 개씩이나 쌌다. 막내 동생은 어린 탓에 도울 수 있는 일이 방을 쓸고 닦는 청소 정도였다. 나는 왜 그렇게 어리석었을까. 부당한 대우를 받으면서도 엄마에게는 한 마디도 대들지 못했다. 대신 나를 용서할 수 없어 늘 죽고 싶었다. 항의조차 못하는 나 자신을 용서할 수 없어서였다.

죽고 싶었지만 죽지 못했고 엄마가 정해 주는 대로 사랑하지 않는 남자와 결혼했다. 그리고 평생 동안 불행했다. 엄마는 모른다. 엄마가 무심코 내뱉은 그런 한마디가 얼마나 가슴을 아프게 하고 멍들게 하는지 말이다.

이번 일만 해도 그랬다. 남동생 집에 가 보니 언니와 남동생 사이에는 이미 의견 조율이 있었고 나에게는 결정된 일을 통보하는 식이었다. 남동생은 입에 거품을 물고 막내를 성토했지만 나는 크게 화나지 않았다. 펄펄 뛰며 흥분하는 두 사람의 욕심이 막내보다 덜할 것도 없다는 생각이 들었다. 그보다는 늘 그래왔듯이 또 나는 빠졌구나 싶어 쓸쓸하고 외로웠다. 막내에게 주지 않아도 어차피 내게 주지는 않을 터였다. 다만 엄마의 마음속에 내 존재는 없다는 사실만을 아프게 확인했을 뿐이었다.

엄마는 잊었겠지만 나는 잊을 수 없는 일들이 너무 많다. 오래 전 남편의 외도와 폭력을 견디지 못해 잠시 친정에서 지낸 적이 있다. 그때 내 주머니에는 백만 원이 들어 있었다. 지금에 비해 돈 가치가 있을 때라 해도 그 돈은 남편의 두 달치 월급 정도였다. 남편은 그마저도 주지 않으려고 갖은 핑계를 갖다 대며 미루다가 마지못해 던져 주었다. 그 돈을 받아 엄마 집으로 오는 기차 속에서 어찌나 울었던지 내려야 할 역을 지나쳐 버리기까지 했다. 나는 그날, 상하고 멍든 마음을 엄마에게 위로받고 싶었다.

내가 살게 된 방은 세 평 정도의 가게가 딸린 방이었는데, 유리문을 열면 바로 방이 있고 좁은 부엌이 딸려 있었다. 엄마가 세를 놓고 있던 그 집에는 세입자들만 십여 가구가 살고 있었다. 엄마는 방세를 올려 달라면서 도배와 아궁이 수리를 해 주지 않았다. 아궁이 수리를 미루고 있던 중 나는 연탄가스에 중독되었다. 아픈 기억은 왜 이리 잊히지도 않는지 모르겠다.

남동생을 만나고 와서 밤에 막내와 통화를 했다. 막내는 격한 감정을 숨기지 않고 내게 그동안의 일을 설명하며 억울해했다. 엄마가 많이 아파서 제집으로 모셔 가 간병해 드렸고 마침 엄마 생일이 되었으며 절대 돈을 뺏는 파렴치한 짓 따위는 한 적이 없다고 했다. 도리어 남동생이 자신의 욕심을 위해 막내를 모함하고 이용하는 거라 했다. 남동생은 막내가 엄마 돈을 허락 없이 빼내 간 거라 했다. 누가 거짓말을 하고 있는지 알 수가 없었다.

어차피 나하고는 무관한 일이었다. 그보다는 엄마가 마지막까
지 나를 소외시켰다는 사실만이 명징해졌을 뿐이었다.

숨비소리

휘리릭 하는 휘파람과 함께 잠녀의 머리가 물 위로 둥실 떠올랐다. 이제 곧 만조가 시작될 시간이었다. 한쪽 팔을 두룽박에 걸치고 다른 손으로 멍게와 해삼이 든 망사리를 잡아 쥔 잠녀는 익숙하게 몸을 놀려 바위 곁으로 헤엄쳐 갔다. 잘 익은 포도보다 검붉게 그을린 얼굴이 저만치 저물고 있는 해 아래 비쳤다. 평생을 바다에서 단련된 모습은 강인해 보였지만 골진 주름마다 모진 세월을 이겨 낸 고단함이 켜켜이 담겨 있었다. 비릿돌까지 다가간 잠녀가 날렵한 몸놀림으로 바위 위에 걸터앉았다.

동네에서 비릿돌이라 부르는 펀펀한 바위는 해녀들과 지금은 거의 없어진 머구리들이 물질 중에 간혹 올라와서 쉬거나 배를 기다릴 때 이용했다. 때로는 해녀들이 물 밖에 나왔을 때 모닥불을 피워 언 몸을 녹이는 불턱 역할도 했다. 동네 사람들과 더불어 세월을 견뎌 왔던 바위는 시골의 간이역처럼 잠깐의 휴식을 주는 쉼터였다.

마을의 끝에 붙어 있어 바다와 가장 가까운 잠녀의 집에서는 마루에 앉아서도 비릿돌이 훤히 보였다. 잠녀는 자주, 하루에도 서너 번씩 바닷속에 유연히 누워 있는 바위를 바라보았다. 그곳은 남편이 묻혀 있는 무덤이기도 했지만 잠녀의 마음을 더 잡아끄는 이유는 고향인 제주도 금성리 바다를 닮아 있었기 때문이다. 지금도 처음 어머니를 따라 물밑 속을 자맥질해 들어갔던 열한 살 때의 바닷속을 잊을 수 없다. 헤아릴 수 없이 많은 종류의 물고기들이 비늘을 세우고 헤엄쳐 가고, 어머니의 망태에서 쏟아져 나오던 전복과 소라와 말똥성게가 손에 잡힐 듯 눈앞에 펼쳐졌을 때의 신비로움.

일곱 살부터 헤엄을 치며 놀았던 잠녀는 열다섯 살에 하군(下軍) 해녀가 되었다. 그리고 곧바로 애기상군(上軍)이란 호칭을 얻었다. '애기상군'은 잠녀가 어린 소녀임에도 불구하고 상군 해녀처럼 물질이 능란하다는 해녀사회계층의 영광스런 훈장이었다.

제주의 여느 가정들처럼 잠녀의 아버지와 어머니도 타고난 바닷사람이었다. 어머니는 먼바다까지 나가는 배 물질이 빼어난 대상군 해녀였고 아버지는 소형 선박으로 통발을 이용해 문어나 가자미, 오징어를 잡았다. 제주의 여인답게 어머니는 억척스럽고 부지런하며 생활력이 강했다. 결코 쉬는 법이 없어서 물질을 하지 않을 때는 항상 집 뒤에 붙은 작은 밭에 가 있었다. 어머니의 기질을 고스란히 물려받은 잠녀도 어려서부터 몸이 빠르고 영리했다.

잠녀의 일생 중 절반은 바다에 떠 있었다. 지워진 짐이 너무 무겁고 버거워서 달아나고 싶을 때도, 죽음보다 더한 절망과 고통 속을 헤맬 때도 잠녀는 바다에 떠 있었다. 바다에 들어가면 꽉 막혔던 숨통이 차라리 트이는 것 같았고 밤잠을 훼방하던 통증도 사라졌다.

이제 물질을 할 수 있는 날도 얼마 남지 않았다. 어쩌면 오늘이 마지막일지도 몰랐다. 이십 년 전부터 앓아 온 무릎과 어깨 통증이 요즘 들어 부쩍 심해졌다. 거기다 호흡이 불규칙해지고 숨이 가쁜 증세까지 겹쳤다. 숨이 차니 당연히 잠수시간도 자꾸 줄어들 수밖에 없었다. 젊었을 땐 3분 가까이 견디기도 했지만 지금은 어림없는 일이었다. 오늘도 수확이 별로 좋지 않다. 나빠진 건강 탓에 전에 비해 작업량이 턱없이 모자란 데다 갈수록 바닷속 자원도 줄어들고 있는 형편이었다. 하긴, 어딜 가도 양식으로 키운 상품이 넘치는 세상이었다. 해녀들의 수입원이 줄어드는 것이 안타까우면서도, 요즘 세상에 힘든 물질을 누가 배우려고 하기나 할까 하는 생각이 들면 이내 쓸쓸해졌다. 잠녀처럼 제주도에서 시집와 살던 해녀들은 이미 고인이 되었거나 살아 있는 사람도 서너 명에 불과했다. 그나마 젊은 축에 드는 해녀 몇 명이 명맥을 유지하고 있지만, 그들도 이미 오십이나 육십을 넘긴 나이였다.

잠녀가 부르르 몸을 떨었다. 한낮에는 더위가 느껴지는 초여름 날씨였지만 바닷속은 아직 소름이 돋을 만큼 차고 시렸다. 낮게 가라앉은 구름이 기어이 비를 뿌릴 모양이었다. 그나마 한 달에 서너 번밖에 못하는 물질이 끝난 때라 다행이었다. 모레는 날씨가 좋아야 될 텐데, 하며 잠녀가 중얼거렸다. 바닷가 모래밭에서 행해질 굿날에 비가 오면 여간 낭패가 아닐 터였다. 모레는 남편의 첫 번째 기일이다. 작년 이맘때쯤 남편은 술이 취한 채로 바다에 들어갔다 돌아오지 못했다.

빗방울이 하나둘 듣는데 마침 배가 왔다. 작은 배가 비릿돌 부근에 닿기도 전에, 배에서 어촌 계장이 빨리들 타라고 소리치며 손짓했다. 미처 물 속에서 나오지 못한 선희가 조금만 기다려 달라고 고함을 질렀다.

깊은 바닷속은 수압이 매우 높기 때문에 호흡을 통해 몸 속으로 들어간 질소기체가 체외로 잘 빠져나가지 못하고 혈액 속에 녹게 된다. 그러다 수면 위로 빠르게 올라오게 되면 체내에 녹아 있던 질소기체가 갑작스레 기포를 만들며 혈액 속을 돌아다니게 된다. 이것이 몸에 통증을 유발시키는데 이런 잠수병을 예방하기 위해서는 물속에서 수면으로 올라올 때 천천히 올라와야 한다.

배 위로 올라온 선희의 갑옷에서 물이 뚝뚝 떨어졌다. 얼른 봐도 망사리가 불룩하게 부풀어 있었다. 선희의 망태를 보고 모두들 우와, 하며 부러워했다. 선희의 물질 스승은 잠녀였다. 담 하나를 사이에 두고 윗집에 사는 선희는 결혼한 이듬해 바다에 남편을 잃었다. 스물두 살의 어린 나이였던 선희는 남편이 죽은 다음 달에 딸을 낳았다. 그런 선희를 붙잡고 잠녀는 꼼꼼하게 물질을 가르쳤다. '많이 했네' 하는 칭찬에 덧니를 드러낸 선희가 '며칠 있으면 딸년 생일인데 에미라고 뭘 하나 해 주고 싶어서요' 하며 웃었다. 딸 하나만을 바라보며 버텨 낸 만큼 선희는 딸에게 넘치는 애정을 쏟아부었다.

어촌 계장이 인원이 다 왔는지 살피고 나자 곧바로 배가 출발했다. 잠녀는 아무리 봐도 계장 나이가 아직 오십도 되지 않았다는 사실이 믿어치지 않았다. 머리카락이 빠져 버린 민둥 머리나 불룩하게 튀어나온 배 때문만은 아니었다. 자기보다 일이십 년

이상 나이가 많은 해녀들을 마치 막내 동생이나 말단 부하 직원을 부리듯 하는 태도는 능란하다 못해 무섭기까지 했다. 간혹 아픈 가족이 있어 소라나 전복 한 개라도 감췄다가 들키면 제집을 털어 낸 강도에게 하듯 모질고 독하게 몰아붙였다.

어촌계가 해녀들 일을 도와주고 뒷일을 보살펴 주기는 하지만 속을 들여다보면 꼭 좋은 것만도 아니었다. 사실 잠녀만 해도 어촌계가 생기고부터 수입이 전에 비해 반도 되지 않았다. 물론 해녀들을 바다에 데려가고 데려오는 것부터 시작해서 공동으로 판매하는 제반 일을 대신 해 주니 편리하기도 했다. 그렇지만 대개는 물질로 생계를 꾸려야 하는 해녀들이라 열 개 중에 네 개 정도 얻어지는 수입 분배로는 생활이 어려울 수밖에 없었다. 물질하는 조건도 까다로워져 전복도 8센티미터가 넘어야만 채취할 수 있는데, 만약 어린 것을 잘못 채취해 오기라도 하면 작업정지를 당하거나 벌금을 물어야 했다.

해녀들의 불만 소리가 흘러나오기도 하지만 세상은 너무 많이 변해 버렸고 자신들은 이미 어떤 힘도 가지지 못한 채 무력하게 늙어 버렸다. 갑자기 잠녀의 머리 위에서 천둥소리와 함께 번쩍하고 번개가 쳤다. 장마가 시작될 조짐이었다. 마을 앞 방파제에 배가 닿았다. 어촌계장은 약은 고양이 눈을 굴리며 해녀들이 채집해 온 수확물을 눈어림으로 계산했다. 계산을 끝냈는지 어촌

계장은 '나중에 봅시다' 하며 훌쩍 뛰어내렸다.

　잠녀는 병원 앞 슈퍼에서 오렌지주스 한 박스를 샀다. 매번 올 때마다 친절하게 대해 주는 간호사들에게 고맙다는 인사를 하고 싶었지만 기회가 없었다. 오늘은 잊지 않으려고 단단히 다짐했다. 유리문을 열고 들어가는데 잠녀를 발견한 간호사가 달려와 우산을 받아 들며 부축해 주었다. 고등학생처럼 머리를 양 갈래로 묶고 웃을 땐 한쪽에만 보조개가 패이는 아가씨였다. 세 명의 간호사들 중에 막내답게 환자들에게도 귀여움을 받았다. 주스 통을 건네주자 '아유 이런 걸 뭐 하러 들고 오세요. 아무튼 가져오셨으니 잘 먹겠습니다' 하고 호들갑을 떨었다. 새벽부터 서둘렀던 만큼 잠녀가 첫 손님임은 당연했다. 이제는 이웃처럼 친숙해진 의사가 잠녀에게 의자를 권했다.

　"좀 어떠세요."

　"숨이 많이 차네요. 이젠 물에도 못 들어가겠어요."

　"물에는 당연히 안 들어가셔야지요. 그보다 자녀분들에게는 알렸습니까?"

　"아직 못 알렸습니다. 그런데…… 사실은 끝까지 알리지 않을 생각입니다."

　잠녀의 대답이 단호했다.

"그러실 것 같다는 짐작은 했지만, 하여튼 고집이 여간 아니시 군요."

난감해하는 의사의 목소리가 잦아들었다. 환자를 설득시키지 못한 무력감을 느끼는 눈치였다.

"선생님 말씀 잘 알고 있어요. 제 병이 깊다는 것도요. 하지만 저는 어차피 조금 있으면 갈 사람이에요. 그때까지만이라도 자 식들에게 걱정을 끼치고 싶지 않아요. 제 자식들이 상처가 많은 아이들인데 나까지 괴롭혀서는 안 될 것 같아서요."

담담한 말소리가 너무 조용해서 산 사람 같지 않았다.

"이렇게까지 말씀하시니 저도 어쩔 수 없습니다. 그렇지만 물 에 들어가는 것만은 정말 삼가야 합니다. 졸지에 변을 당할지 모 릅니다."

"그래도 할 수 없지요. 실은 그렇게 바다에서 끝을 냈으면 좋 겠습니다. 바다에서 나서 바다로 돌아가는 게 저에게 순리인지 도 모르지요."

"생명은 소중합니다. 이 세상에서 목숨보다 중요한 것이 어디 있습니까. 절대 포기하지 마시고 꼬박꼬박 약 챙겨 드시면서 치 료도 거르지 마세요."

남편이 죽고 석 달이 지날 무렵부터 몸이 이상했다. 마른기침 이 자주 나오고 고춧가루로 비비는 것처럼 가슴이 따가웠다. 물에 들어가면 숨이 차서 일 분을 넘기지 못하고 되진 떡을 먹은 것처럼 가슴이 답답했다. 나이 탓이라며 대수롭게 여기지 않았는데, 어느 날 기습을 당하듯 발작을 일으켰다. 밤에 누웠는데 가슴이 조금씩 아프기 시작하더니 점점 쥐어 비트는 것처럼 통증이 심해졌다. 호흡이 멈춘 듯 갑갑하고 식은땀이 흐르며, 토할 것처럼 메스꺼웠다.

다음 날 시내 병원을 찾아갔다. 의사는 잠녀의 말만 듣고도 이미 진단을 내린 것 같았다. 심전도 촬영과 여러 가지 검사를 받으면서도 별 동요는 없었다. 큰 병일지도 모른다는 불안감보다는 마침내 목적지에 다다른 기분이기도 했다. 좀 더 일찍 도착할 수도 있었는데, 차라리 늦은 감이 있었다. 이제야말로 어깨를 짓누르던 짐을 벗고 온전히 쉴 수 있겠다 싶었다.

"예상했던 대로입니다."

의사는 자상하게 설명해 주었다.

"협심증은 심장에 산소와 영양을 공급하는 혈류의 장애로 인해 생기는 질환입니다. 가슴 부위에 발작적으로 조이는 것과 같은 통증이 나타나는데 병이 진행될수록 횟수가 잦아질 겁니다. 때로는 발작 시에 불안이나 절망감을 느끼며, 통증이 어깨나 팔까지 피질 수도 있습니다."

합병증으로 심장마비를 일으킬 수도 있다고 했다. 설명해 주는 의사의 표정은 침울했지만 정작 당사자인 잠녀는 담담했다. 의사는 여러 가지 주의 사항을 일러 주며 반드시 지키라는 당부를 했다.

잠녀는 마지못해 그러겠다고는 했지만 마음속으로는 다른 계획을 하고 있었다. 병마에 쫓겨서 그렇게 맥없이 죽고 싶지 않았다. 오늘일까 내일일까 하고 마음 졸이며 죽음을 기다리는 것도 싫었다. 잠녀는 반드시 돌아가야 할 그 바다로 돌아갈 작정이었다. 어머니의 품속만큼 따뜻하고 정겨운 바다. 그 바다야말로 바다에서 나고 살아온 해녀의 종착지였다.

"약은 꼭 가지고 다니십시오. 그리고 발작이 일어났을 경우에는 빨리 혀 아래 넣고 녹여서 복용하세요. 될 수 있는 한 스트레스를 받지 않도록 하시고 담배는 절대 금물입니다."

주의를 준 의사가 간호사를 불렀다.

"선생님께 야단 맞으셨죠?"

소독솜으로 잠녀의 엉덩이를 문질러 주며 간호사가 물었다. 눈에 장난기가 가득했다.

"야단은 무슨, 고맙기만 하지."

처방전을 받아 들고 나오던 잠녀가 다시 되돌아가 간호사들에게 '고마웠어요' 하고 인사를 했다. 주스를 받았던 막내가 '네, 모레 또 봬요.' 하며 진찰실로 들어갔다.

삽짝을 열고 들어가려던 잠녀가 멈칫했다. 또 누가 삽짝을 반 이상 가리고 차를 주차해 놓았다. 문짝 가운데 부분은 언제 그 랬는지 대나무 살이 여러 조각으로 쪼개져 있었다. 후진을 하다 미처 보지 못한 게 틀림없었다. 길을 넓히고 자동차가 늘어나고 부터 심심찮게 벌어지는 광경이었다. 마을 사람 중에도 승용차 를 가진 집이 몇몇 있는데다 도로가 좋아지면서 관광객이 폭발 적으로 생겨난 탓에 빈틈만 있으면 영락없이 차를 갖다 댔다. 간 혹 주차문제로 작은 시비가 붙을 때도 있지만 어지간하면 마을 사람들이 참는 쪽이었다. 어쨌든 자신들의 마을을 찾아 준 손님 이라는 마음에서였다.

관광객들 덕분인지 잠녀의 집 부근에도 얼마 전부터 포장마차 가 생겼다. 처음엔 국수나 커피, 라면 등을 팔다가 어느새 해물 안주를 곁들여 여러 종류의 술을 팔았다. 그런 선희를 두고 마을 의 어른들은 동네아낙이 술장사를 한다고 언성을 높이며 노여 워했다. 질책을 받을 때마다 선희는 물질 수입만으로는 노후대 비는커녕 매일매일의 약값과 생활비도 녹록지 않아 어쩔 수 없 이 나섰다고 변명했다. 주민들의 곱지 않은 눈길과는 반대로 잠 녀는 선희의 용기에 박수를 쳐 주고 싶었다. 잠녀의 경험으로는 술을 팔든 차를 팔든 먹고사는 일은 어떤 것보다 중요하고 숭고

한 일이었다.

내친김에 마을 초입에 있는 선희의 포장마차로 걸어갔다. 마을 사람들이 포장마차에 오는 경우는 드물었다. 여자로서는 잠녀가 유일한 손님일 터다. 마을 사람들이야 기껏 회관에 모여 전이나 떡 조각을 안주 삼아 막걸리 한두 잔을 나눠 마시는 것이 고작이었다.

한창 때는 바다에 나가기만 하면, 남자들은 만선의 깃발을 휘날리며 돌아왔고 해녀들의 수확도 차고 넘쳤다. 그런 날에는 온 동네가 축제분위기로 들떠 밤새 술과 음식을 나누며 기뻐했다. 그러나 세상이 변한 만큼 그런 일들은 한갓 지나간 추억으로만 남아 있을 뿐이었다. 바다에서 젊음을 다 소진한 늙은 어부와 해녀들은 쇠락한 폐가를 지키는 노년의 종부처럼 노인정에 모여 지나간 시절을 반추하며 그리워할 뿐이었다.

포장마차의 각진 모서리에 무당 집 깃대처럼 홍등이 걸려 있었다. 도시 유흥가의 어느 집을 보고 따라했는지 둥근 등이 제법 요사스러웠다. 위태롭게 내걸린 홍등이 바람에 흔들거렸다. 속에 한지를 넣고 두꺼운 비닐로 겉을 싸맨 붉은 등에는 '주류 일체'라고 씌어 있었다. 잠녀가 포장을 들치고 안으로 들어갔다. 고무장갑을 끼고 안줏거리를 다듬고 있던 선희가 잠녀를 보고 눈인사를 했다. 불빛 아래서 보니 주근깨가 까맣게 앉은 얼굴이

까칠하게 야위었다.

"몸도 안 좋다면서 좀 쉬지 않고, 사람이 물때썰때를 알아야지."

잠녀의 핀잔 섞인 말에도 선희는 언짢아하는 기색도 없이 '놀면 뭐하게요. 한푼이라도 벌어야지' 하며 보리차를 내밀었다. 검지 손가락을 동여맨 일회용 밴드 겉에 꺼멓게 피가 배어 있었다. 칼질하다 베인 모양이었다.

"손가락은 또 왜 그러나."

"일하다 보면 매양 그렇지요."

물질을 할 때는 워낙 자주 다쳐 어지간한 상처는 대수롭게 여기지도 않았다. 물 속에서는 모르고 있다 나와서 보면 여기저기가 터지고 찢어진 데가 한두 군데가 아니었다. 지금이야 갑옷에 물안경에 장갑까지 갖추고도 모자라 겹겹이 양말과 내복을 껴입지만 예전에는 맨몸에 달랑 소중기만 걸치고 물에 들어갔다. 거친 파도 속에서 너덧 시간을 부대낀 맨살은 여기저기 멍이 들고 피가 나기 일쑤였다. 더구나 파고가 높을 경우에는 물살에 끌려가 암초에 내동댕이쳐지기도 했다. 정신을 잃기도 하고 몇 시간을 움직이지 못하고 널브러져 있는 일도 허다했다. 물이 드는 시간을 잊고 있다 너무 깊어진 바다에서 빠져나오지 못해 한동안 바다에 갇혀 있는 경우도 있었다.

잠녀의 몸 곳곳에도 상처로 생긴 흉터들이 셀 수 없이 많다. 어쩌면 많은 흉터 중에 바다에서 얻은 흉터보다 남편이 준 상처가 더 많을지도 모른다. 남편만 생각하면 가슴 한가운데가 불에 데인 듯 쓰리고 아팠다. 잠녀에게 남편의 기억은 고통밖에 없다. 늦은 밤 담벼락을 도는 발자국 소리만 들어도 심장이 떨리고 가슴이 저렸다. 그런데도 절대 외면하거나 버릴 수 없었다. 남편만 생각하면 마치 남의 둥지에 넣어 둔 새끼처럼 불안하고 걱정스러웠다. 그런 남편을 이제 편히 쉴 곳으로 배웅해 주어야 할 때인 것 같았다. 남편에게 해 줄 마지막 선물이기도 했다. 잠녀가 얼굴을 찡그리며 가슴을 움켜쥐었다.

"왜 그러세요. 어디 많이 아프세요?"

소주 한 병과 잔을 들고 와 앉으려던 선희가 깜짝 놀라 잠녀를 잡고 팔을 흔들었다. 핏기 없는 얼굴이 밀랍인형처럼 창백했다.

"아니 괜찮아, 현기증이 좀 나서 그래."

"정말 그런 거예요? 병원에 가 봐야 할 것 같은데……."

선희가 아무래도 미심쩍다는 듯 고개를 갸웃했다.

평정을 되찾은 잠녀가 제 손으로 술을 부어 단숨에 비우고 다시 채웠다. 의사의 얼굴이 잠깐 떠올랐지만 이내 지워 버렸다. 알콜중독이었던 남편이 살았을 때는 입에 대지도 않던 술이었다.

그렇게 싫어하던 술이었는데 요즈음은 한두 잔 마시게 되었다. 선희가 포장마차를 하는 탓인지도 모르겠다.

선희는 잠녀의 바깥물질 동아리였던 친구의 딸이다. 바깥물질이란 고향 섬을 떠나 열 명이나 스무 명, 많게는 사오십 명까지 모여서 배를 타고 먼 타지의 바다에 가서 물질을 하는 일이다. 다른 말로 '출가해녀'라고 부르기도 했다. 제주에서는 주로 포항 구룡포나 경주 인근의 감포, 드물게 강원도 주문진까지 가기도 했다. 해녀들은 국내뿐 아니라 이웃 나라인 일본까지도 갔다. 위안부로 끌려가지 않으려고 일부러 일본으로 출가하는 경우도 있었다. 바깥물질은 보통 음력 2월에 나가서 6개월 정도 일을 하고 음력 7월, 그러니까 추석 직전에 귀향했다.

미지에 대한 설렘으로 들뜬 마음과 고향을 떠나는 불안감을 떨쳐 내기 위해 해녀들은 돛배에서 노를 저으며 노래를 불렀다. 때로는 뱃길에서 태풍을 만날 때도 있었는데 물결이 거세지면 선주가 제관이 되어 미리 준비해 온 통돼지를 정중히 용왕 앞에 드렸다. 바다는 입 다문 조개처럼 능청스레 조용하다가도 순식간에 돌변해서 혼을 빼놓았다. 잠깐이라도 마음을 놓으면 깊은 수렁이 되어 사람을 끌어 삼켰다. 치성을 드리고 나면 신기하게도 풍랑이 숨을 죽이고 순해졌다. 한 번은 귀향길 배에서 해산을 한 일도 있었다. 해녀들은 출산하기 하루 전까지도 물에 들어가는 터라 임신 3, 4개월에 먼 물질을 떠나는 것이 전혀 문제 되지 않았다. 그런 탓에 6개월여의 일을 끝내고 집으로 가는 길에 배에서 아이를 낳는 일이 생기기도 하는 것이었다.

그렇게 해서 다른 지방에 가면 해녀들은 서너 명씩 조를 짜 마을의 작은 방을 빌려 함께 생활했다. 밥은 집에서 가져온 조나 보리로 지었다. 반찬이라야 기껏 된장 정도였다. 간혹 바다에서 건져 온 해물과 찬거리를 물물교환으로 바꾸어 먹기도 했다. 해녀들은 억척스레 일을 하고 돈을 모았다.

그녀들의 바람은 물질해서 번 돈으로 고향집에 논과 밭을 사고 미혼일 경우엔 시집갈 혼수비용을 마련하는 것이었다. 해녀들의 관심은 추상적이거나 관념적인 것과는 거리가 먼 삶의 한복판에 있었다. 해녀에게 바다는 절실한 삶의 터전이었고 근원이었으며 생존 그 자체였다. 해녀들은 자신 앞에 던져진 삶을 숙명으로 받아들이며 순종했다. 바다를 떠난 삶을 꿈조차 꾸어 보지 않았고 바다를 잃는 것은 죽음이라 믿었다.

선희 생모가 물속에서 흔적도 없이 사라지기 전까지 두 사람은 늘 함께 돛배를 타고 물질을 다녔다. 어린 딸을 아비도 없는 집에 혼자 두고 갈 수 없었던 선희 생모는 아이를 물질하는 데까지 데리고 다녔다. 일을 나갈 땐 선희를 어쩔 수 없이 자취하는 셋방에 두고 나갔다. 혼자 남은 선희는 또래 아이들과 놀다

144

가 밥때가 되면 동네 어른들이 챙겨 주는 밥을 얻어먹기도 했다. 그도 아니면 네 살배기의 어린 선희는 엄마가 돌아오기를 기다리며 장난감 하나 없이 온종일 방안에 있어야 했다. 지금이야 어림없는 일이지만 그때는 웬만큼 풍랑이 심해도 바다에 들어갔다.

그날도 정해진 기간 동안 목표한 수입을 올리기 위해 위험을 무릅쓰고 일을 강행했다. 며칠 동안 기침으로 고생한 다음 날, 친구들의 만류를 뿌리치고 바다로 들어갔던 선희 생모는 그날로 영영 돌아오지 못했다. 온 동네가 발칵 뒤집히고 경찰을 도와 시신이라도 찾겠다며 사람들이 나서서 며칠을 뒤졌지만 머리카락 한 올 건지지 못했다. 엉뚱하게도 고기잡이 그물에 심하게 부패된 남자 시신이 걸려 나왔을 뿐이었다. 한두 잔 마시다 보니 술병이 비고 말았다.

"그때 지금 어머니가 저를 맡아 주지 않았다면 어떻게 되었을까요."

"글씨다. 어디 고아원 같은 데로 갔겠지. 그런데 갑자기 그 말은 왜 하는 거냐."

"그냥요. 엄마 돌아가신 날에 바람이 심했다고 했잖아요. 오늘처럼 비가 오면 엄마가 저기 바닷속에서 나를 보고 있는 것 같아 마음이 짠해서요."

아는 사람 하나 없는 남의 동네에서 선희는 졸지에 고아가 되어 버렸다. 마침 아이를 낳지 못해 소박을 맞고 혼자 살던 아낙이 선희를 거두겠다고 나섰다.

"다 지난 일이니까 이제 그만 잊어버려. 아픈 일은 빨리 잊어버리는 게 좋아."

잠녀가 자신의 아픈 기억을 쫓아내듯 길게 숨을 토했다.

"잊어야지요. 안 잊으면 어쩌겠어요. 백일도 안 돼서 아비 잃은 것도 모자라 어미까지 잃어버리고 유복녀를 낳았으니 이년보다 더한 팔자가 어디 있겠어요. 자다가 생각해도 지긋지긋해요."

선희가 떠올리기조차 싫다는 듯 도리질을 쳤다.

"지 팔자 지가 정하는 사람 있으면 데려와 봐. 갯가 사람 치고 안 그런 집이 몇이나 돼."

"하긴 그래요. 갯가에서 나고 자란 여인네 중에 한 없는 여편네가 어디 있겠어요. 서방이 있건 없건 고생은 매한가지지요. 그나마 죽은 시체라도 찾으면 다행이라 생각해야 하니 갯가 여인들은 전생에 죄를 많이 지었던가 보지요."

선희가 냉장고에서 꺼내 온 소주 마개를 땄다.

"어머니, 이왕 마신 김에 한 잔씩 더 할까요? 어차피 날도 궂어 손님도 없으니 그냥 우리 둘이 기분 내요."

"그래, 이런 날이 언제 또 오겠냐……."

잠녀의 예사로운 대답에 선희가 그제야 생각난 듯 '아참, 어머니 술 드시면 안 되는 거 아니에요?' 하고 말했다.

"안 될 게 뭐 있겠냐. 기분 좋으면 되는 거지."

잠녀가 다시 술을 따랐다.

"굿 준비는 잘 되어 가고 있어요?"

"준비랄 게 뭐 있나. 돈만 주면 지들이 다 알아서 할 터이고 내 할 일은 마음이나 정결하게 먹으면 되지."

"어머니, 노래 한번 해 보세요."

선희가 어린아이 흉내를 내며 어리광을 부렸다.

"뭔 또 그 노랠 해 보라는 거냐? 그라고 그 어머니라는 말, 나야 좋지만 행여 니 어머니가 들으면 서운해하지 않겠냐. 키워 준 사람은 따로 있는데 엉뚱한 데에 대고 어머니라고 한다고……."

"그러니까 집에 어머니 안 계신 데서만 부르잖아요. 그래도 어머니 노래 들으면 엄마를 만난 것 같아 마음이 편해져요."

"니가 그렇게 원하면 한 번 해 보지 뭐."

잠녀는 음음, 하고 목을 가다듬었다.

이여싸나 이여싸나

성산포야 잘이시라

멩년이철 춘삼월나민

살아시민 상봉이여

죽어지면 영 이벨이여

이여싸나 이여싸나

성산포야 잘이시라

타지로 물질을 다닐 때면 배에서 부르던 노래였다. 어쩌면 다시는 고향으로 돌아가지 못할지도 모른다는 생각을 하며 불렀던가? 그래서 더 애절하고 목이 말랐던가.

잠녀의 노래에 선희가 나무 젓가락을 두드리며 장단을 맞췄다. 빗줄기가 점점 굵어지고 성난 파도가 사납게 울었다.

흉통 때문에 눈을 떴다. 불을 켜고 머리맡에 놓아둔 진통제 두 알과 뇌신 두 포를 급하게 삼켰다. 새벽 한 시인 걸 보니 선희의 포장마차에서 돌아와 두 시간 정도 잤나 보다. 아까보다 바람이 더 세져 있었다. 성긴 돌담을 넘어온 바람이 문짝을 통째 흔들어 대고 있었다. 방문을 열어젖히자 바람과 함께 등대 불빛이 눈을 찔렀다. 방문을 열면 정면 백 미터 지점에 군부대 초소가 있고, 초소를 마주 보며 흰색 등대가 있다. 해가 짧은 겨울에는 초소 옆에 서 있는 소나무 사이로 달이 뜨고 해가 솟았다.

잠녀는 해와 달이 솟는 광경을 좋아했다. 붉은 기운을 품고 서

서히 달아오르는 해와 달은 고통을 이길 힘과 희망을 주는 것 같았다. 등대의 불빛도 한없이 좋았다. 어두운 밤에 뱃길을 밝혀 주는 등대는 바로 잠녀의 지난하고 굴곡진 삶을 위무해 주는 큰 나무이기도 했다. 맑은 날이면 낚시꾼과 산책객들로 등대 주위가 비좁도록 붐볐다.

남편이 죽던 날도 바람이 거셌다. 잠녀는 그때, 날씨조차 심통을 부리는구나, 하는 생각을 했다. 다시 돌아가라면 차라리 죽어 버리겠다고 할 그 세월들을 어떻게 겪어 냈는지 생각만 해도 끔찍했다. 타지 물질을 하지 않았다면 남편과 결혼해 이곳에 살게 되지는 않았을 터였다. 여기서 결혼해 살고 있던 세 살 위의 언니가 토박이였던 남편을 소개해 주었다. 가끔 사는 일이 힘들어 언니를 원망하기라도 하면 언니 역시 남편의 비뚤어진 성정을 알지 못했다며 미안해했다. 심한 피부병으로 고생하던 그 언니도 이제는 이 땅에 없다.

남겨 둔 서너 벌의 옷가지 옆에 놓인 사진첩을 꺼냈다. 네 명의 자식들 사진이 얌전하게 정리되어 있었다. 아들 둘과 딸 둘을 두었지만 자식들은 아무도 바다에 살려고 하지 않았다. 아이들은 철이 들기 무섭게 집을 떠났다. 배움이 적은 자식들은 도시의 후미진 귀퉁이에서 험한 일을 하면서도 결코 바다를 찾지 않았다.

잠녀는 종종 바다로 돌아오는 자식들을 꿈에서 만난다. 딸의 손을 잡고 깊은 바다를 자맥질해 누비다 깨어나면 외로움 탓에 흉통이 일었다.

잠녀는 결혼사진이 없다. 살림을 합치고 나서 고작 읍내 사진관에서 찍은 흑백사진 한 장이 전부다. 남편은 거짓말처럼 단 한 명도 일가친척이 없었다. 결혼식에 올 사람이 없다고 울먹이며 고백했을 때, 잠녀는 자신에게 가족이 있다는 사실이 미안했다.

바닷가에서 태어나긴 했어도 남편은 바다 일을 싫어하고 게을리했다. 잠녀가 열심히 일한 덕분에 작은 배를 장만할 수 있었지만 배를 저어 바다로 나가는 일은 드물었다. 그런 중에도 아이들은 태어났고, 아이들 양식을 벌기 위해 잠녀가 바다에 떠 있는 시간은 길어졌다.

채집한 해물을 읍내 어판장에 나가 팔고 집에 돌아오면 지붕 위에 불길이 치솟고 있을 때도 여러 번 있었다. 다행히 아이들은 죽지 않으려고 달아나 주었다. 난장판이 된 빈방에서 기름을 붓고 성냥을 그어 댄 남편은 불이 붙은 이불을 뒤집어쓰고 태연히 누워 있었다. 기가 막히고 억장이 무너졌지만 아이들을 떠올리며 힘을 내려 애썼다.

그리고 바다를 생각했다. 바람이 불든 태풍이 치든 불평 없이 제 몸을 맡기는 바다는 언제나 넉넉하고 의연했다. 그런 바다를 떠올리며 잠녀는 무슨 일이 있어도 죽지 않고 살아남아, 아이들을 지키리라 다짐하곤 했다.

언젠가는 남편이 폭음도 하지 않고 난동도 부리지 않아 조용한 며칠을 보내고 있었다. 발작이 잠깐 멈춘 상태이기는 했지만 언제 폭발할지 몰라 조마조마했다. 그날 잠녀는 용기를 내서 남편에게 난리를 피우는 이유를 물었다. 남편은 의외로 순순히 '나도 이러는 내가 싫어. 그런데 고치려고 해도 잘 안 돼.' 하고 시인했다.

'아버지는 내가 일곱 살 때 징용으로 필리핀에 끌려갔어. 얼마 지나지 않아 엄마는 개가했지. 나는 고아가 되었고.' 거기까지는 언니에게서 들은 내용이었다. 잠녀가 남편과 결혼한 것은 어쩌면 그가 너무 가여워서였는지도 모른다.

고아가 된 남편은 열다섯 살이 될 때까지 친척집을 전전하며 자랐다. 열여섯 살이 되던 해에 그 집에서 도망을 쳤다. 명절에 쓸 사과를 훔쳐 먹었다는 누명을 참을 수 없었다. 배고픔을 이기기 위해 부랑자들과 어울려 좀도둑질을 하기도 하고 음식점 배달원 일도 했다.

"열여덟 살 때 우연히 켈로 부대에 근무하는 사람을 알게 되었어. 거기서 교육을 받으면 돈을 많이 준다는 말에 현혹되었지. 그때 아마 일 년에 서울에 있는 집 한 채씩을 살 수 있다고 했었지."

　남편은 삼 년 동안 그곳에서 사람을 죽이는 여러 가지 방법과 불 지르는 것만 배웠다고 했다.

　"그 사람 말대로 돈을 많이 주더군. 어쩌다 외출하는 날에는 술집을 통째로 빌려서 먹고 마셨지. 다음 코스는 물론 창녀 집이었지. 하지만 내가 돈을 쓸 수 있는 기회는 별로 없었어. 외출은 극히 드물었거든. 일곱 살 때 버리고 갔던 어머니가 어떻게 알았는지 귀신같이 나를 찾아왔었어. 나중에야 깨달았지만 내 돈이 목적이었던 거지. 목숨 내놓고 번 돈을 꼬박꼬박 갖다 맡겼는데 결국 내 수중에는 한 푼도 들어오지 않았어. 그 후론 어머니와 소식이 끊겼고."

　남편의 상처가 그토록 깊은지 몰랐다. 그때서야 잠녀는 남편의 광기에 가까운 몸부림을 이해할 수 있을 것 같았다. 미친 듯이 날뛰며 집안을 지옥으로 빠뜨리는 남편이었지만 가족을 만들고 싶었던 만큼 아이들과 잠녀를 소중하게 여기기도 했다. 그러나 그것도 잠깐, 남편은 금세 원망과 미움으로 점철된 울분을 쏟아 내고는 길길이 날뛰었다. 이제 남편은 그 모든 고통의 늪에서 벗어나 자유를 얻었을까.

　잠녀는 자식들의 사진에 차례로 입을 맞추고 방안을 둘러보았다. 그동안 틈틈이 정리해 둔 덕에 방도 부엌도 다 정갈했다.

얼마 되지 않은 돈이 들어 있는 통장도 찾기 쉽게 찬장 안에 넣어 두었다. 힐끗 액자 속에서 웃고 있는 남편을 일별한 잠녀의 입가에 보일 듯 말 듯 미소가 어렸다.

비릿돌이 정면으로 보이는 모래밭에 제상이 차려졌다. 수박과 사과, 배, 참외 등 갖은 과일을 진설하고 명태와 밥이 놓였다. 그리고 큰 상 밑에 작은 상을 놓아 깨끗하게 털을 뽑은 돼지 한 마리를 정성스레 바쳤다. 망자를 위한 정갈한 한복 한 벌과 흰 고무신을 준비하는 것도 잊지 않았다. 빨강과 파랑, 노랑, 흰색과 녹색의 오색깃대가 바람 부는 대로 흔들리고, 망자의 혼을 실어 삼도천(三途川)을 건너 줄 용선(傭船)이 깃대를 따라 움직였다. 굿은 아직도 망망한 바다 한가운데를 떠다니고 있을 원혼의 넋을 건져 천도할 숭엄한 의식이었다.

"이 고을 천왕의 문을 열어, 이 용궁의 문을 열어……."

십대 천왕의 위패가 모셔진 단을 마주 보고 앉은 양중이가 북과 징을 두드리며 천왕을 불러 죽은 자의 이름과 주소를 댔다. 부정풀이다. 산신과 용왕신들에게 굿을 하는 이유를 대고 부정한 악귀를 물리치고 이 굿이 무사히 끝날 수 있도록 도와달라는 축원이었다. 아낙네들은 물론 마을 주민들 거의가 다 나와 제상 주위를 둘러 에워싸고 있었다. 이제 곧 벌어질 한판 굿 놀이에 대한 기대와 호기심으로 들뜬 마음을 애써 가라앉히고 있었다. 바다에서 나고 죽는 이들에게 진혼굿은 가슴에 옹이진 응어리를 털어 내는 경건한 의식이기도 했으며 동시에 한판 신명 나게 놀아 보는 잔치이기도 했다.

마을 사람들 중 많은 이들이 가족 중 누군가를 바다에 잃었다. 주검을 건져 내기도 했지만 잠녀처럼 잃은 가족을 찾지 못해 한을 지닌 이도 있었다. 양중이의 목소리가 점점 커지며 북채를 잡은 손이 더욱 빨라지는 반면 웅성거리던 사람들은 가슴을 졸이며 숨을 죽였다.

제상을 향해 연신 비손을 하고 있던 만신이 벌떡 일어나 사람들을 제치고 가운데로 나왔다. 고깔에 소복차림의 만신은 의외로 가녀린 몸매에 앳된 얼굴이었다. 그러나 모습과는 판이하게 부릅뜬 두 눈은 열기로 번쩍거리고 당차게 거머쥔 양손이 진동을 이기지 못하고 심하게 떨었다. 둘러서 있던 아낙들 중 누군가는 벌써부터 눈물을 찍어 냈다. 만신이 무언가 할 말이 있는 듯 입술을 달싹였으나 소리가 나오지 않는지 제 손으로 목을 할퀴었다. 귀까지 시뻘겋게 달아오른 만신은 날 선 몸을 움직여 펄쩍펄쩍 춤을 추기 시작했다.

아장아장 앞으로 나갔다 뒤로 물러났다가, 고개를 까딱까딱 모이 줍는 시늉을 했다. 모래밭을 정신없이 빙빙 돌던 만신이 동

작을 멈추고 잠녀를 노려보았다. 섬뜩한 느낌이 들었지만 잠녀
도 피하지 않고 만신을 마주 보았다.

　만신이 갑자기 맥없이 쓰러졌다. 둘러선 사람들이 숨을 죽이
며 두 사람을 바라봤다. 한참 동안 땅에 엎드려 죽은 듯이 미동
도 없던 만신이 기어이 목을 놓고 통곡을 했다. 접신이 시작된
신호였다. 만신이 입을 열었다. 영락없는 남편 목소리였다.

　춥고 배고프네

　나 죽은 지 언제인데

　이제야 찾아왔소

　살아서 천대받고

　죽어서도 홀대받고

　이승에도 못 가고 저승에도 못 가고

　천길 만길 물밑 속을

　정처 없이 떠다녔네

　아이고 불쌍하고 가엾은 이내 몸이……

　만신의 몸을 빌려 찾아온 혼은 처음부터 온통 원망 투성이었
다. 남편이 왔다고 만신이 잠녀를 불렀다. 사람들 울타리를 제치
고 잠녀가 앞으로 성큼 나왔다. 곁에 섰던 선희가 부르르 진저리

를 치며 몸을 떨었다. 잠녀에게 고통만을 남겼던 남편은 죽어서도 여전히 옛날 버릇을 드러냈다. 잠녀는 대꾸할 말이 별로 없었다. 만신이 대신 혼령을 위로했다.

"아이고 불쌍키도 해라. 깜깜한 물속에서 얼마나 답답하고 배고팠는지 내 다 알고말고요. 여기 새 옷도 장만하고 한 상 떡 벌어지게 차렸으니 배불리 드시고 마음껏 노시다 남은 원이나 미련은 훌훌 털어 버리시고 기쁜 마음으로 극락왕생 하소서."

만신이 다시 남편 목소리를 냈다.

"내가 살아 생전 비단옷 한 벌 못 입어 보고 기름진 음식 한 점 못 먹고 서럽게 살았소. 그것도 모자라 고기밥이 되었는데 모두 잊고 떠나라니 야속하고 야속하오."

만신의 입에서는 원망과 탄식이 끝없이 쏟아져 나왔다. 만신이 혼령에게 노잣돈을 주라고 했다.

준비해 두었던 복주머니를 꺼내 제상에 놓았다. 낚아채듯 열어 본 만신은 노잣돈이 적다며 잠녀의 얼굴에 주머니를 던졌다. 화를 삭히며 잠녀가 혼령을 달랬다.

"더 달라면 얼마든지 더 드려야지요. 그런데 내가 가진 것이 이것밖에 없네요. 몇 푼 남은 것이 있지만 나 죽고 나면 초상 칠 비용은 남겨 두어야지요. 그러니 당신도 이제 고만 이승에서 맺힌 것일랑 다 버리고 평안히 가세요."

잠녀가 자분자분 혼령을 다독였다. 그러나 만신은 분을 이기지 못하겠다는 듯 악다구니를 쳤다.

"뭐라? 이년이 아주 환장을 했구나. 내 비록 몸은 죽었으나 영이 남아 있으니 네년이 언제까지 살아 주둥아릴 놀리는지 두고 봐야겠다."

만신이 잰걸음으로 제상 앞으로 가더니 술을 병째 들이켰다. 그러고는 상 위의 촛불을 들어 깃발을 향해 던졌다. 마침 불어온 바람을 타고 불은 기세 좋게 타올랐다. 불은 깃발을 반쯤 태워 버리고 나서야 피지직 소리를 내며 꺼졌다. 누군가가 부정을 탄 게 아니냐며 수군거렸다.

잠녀는 사람들의 웅성거림을 뒤로 하고 굿판을 빠져나와 비릿돌 쪽으로 걸어갔다. 유월의 보름달이 저만치 떠 있고 달빛을 받은 물색은 빙하처럼 창백했다. 물살이 비단을 찢는 것 같은 날카로운 소리를 내며 비릿돌을 때렸다.

잠녀는 오래전부터 이런 날을 기다려 왔다. 고향바다를 떠나올 때 반드시 돌아가겠다고 약속한 일을 마침내 이루게 되었다. 멀리 바다 한가운데서 잠녀를 부르는 어머니의 소리, 아니 고향에서 부르는 소리가 들렸다. 태중에서부터 들어온 친근하고 익숙한 소리였다. 잠녀는 천천히 바닷속으로 헤엄쳐 갔다. 비로소 마음이 편안해지고 가슴을 에이는 통증도 가라앉는 느낌이었다.
고개를 들어 마지막 숨비소리를 내뱉고 난 잠녀는 유연한 몸짓
으로 바다 깊숙이 자맥질해 갔다.

녹두 다방

거리는 사람들의 물결로 새벽 어시장만큼이나 활기차게 북적
대고 있었다. 팔차선 양쪽으로 메타세콰이어 가로수가 늘씬하
게 뻗어 있고 그 아래로 자동차들이 경쟁하듯 달려갔다. 시간은
충분했다. 한 대위를 만나고 지수를 찾아보아도 막차는 탈 수
있을 것 같았다. 갈 곳을 정하고 다시 한 번 의족의 고리를 단단
히 조이고 나서 발걸음을 옮겼다.

　보훈 병원은 의외로 지척에 있었다. 안에서는 지금도 누군가
숨이 넘어가고 있을지도 모르지만 건물 외관은 호텔만큼이나
미려하고 깨끗했다. 저 안에서 벌어지는 일들과는 무관하다는
듯이 본관 앞 화단에는 목련 서너 그루가 봄볕을 받으며 서 있

었다. 주스를 살까 하다 그만두었다. 어차피 한 대위에게는 별 소용이 없을 것 같았다.

원무과로 가서 내게 전화를 했던 직원을 찾을 참이었지만 창구에 갔을 때에야 오늘이 휴일이라는 생각이 났다. 당연히 자리에는 아무도 보이지 않았다. 수위실에 가서 내가 찾아온 이유를 설명하고 도움을 청했다. 안내 리본을 단 수위가 어딘가에 전화를 하고 나서 잠시 기다리자, 안경을 쓴 남자가 뛰어왔다. 내가 올 걸 대비해 일부러 나와 있었다며 반갑게 인사를 했다. 삼십 중반쯤 되어 보이는, 은테 안경만 아니면 기억할 만한 특징이 없는 평범한 얼굴이었다. 1980년에는 초등학교 사오 학년 정도였을까. 직원은 나를 휴게실로 데리고 가서 캔커피를 권했다.

"지금 상태가 어느 정도인지 잘 모르시죠?"

내가 캔을 다 비울 때까지 기다리고 있던 직원이 조심스레 물었다. 나는 직원이 어떤 말을 할지 궁금했다.

"지금 많이 안 좋습니다. 전엔 그런 일이 없었는데 며칠 전부터 갑자기 난폭해졌습니다. 제가 전화를 드린 날에는 손등을 물어뜯는 자해를 했지요. 설 대위님을 불러 주지 않으면 병실에서 뛰어내리겠다고 소동을 벌여서 병원이 발칵 뒤집혔어요."

직원은 말을 해 놓고 내 입을 빤히 들여다봤다. 짐작 가는 일이 있느냐는 눈빛이었다. 그러나 그 점에 대해서는 차라리 내가 묻고 싶은 심정이었다.

"우리도 영문을 모르니 답답할 뿐입니다. 선생님이 오셨으니 좋은 결과를 기대해 보겠습니다."

연락이 왔을 때 별로 좋지 않을 거라 짐작은 했지만 예상보다 상태가 훨씬 나쁜 것 같았다. 늙은 어머니가 가끔 다녀갈 뿐, 한 대위에게는 면회 오는 사람도 없다고 했다. 그런 불운만 아니었다면 대학생 자녀를 둔, 적당히 몸이 불은 아버지가 되어 있을 터였다. 임관식 때 보았던, 햇볕에 그을려 자줏빛으로 반들거리던 한 대위 어머니의 얼굴이 떠올랐다. 새처럼 작은 몸을 가졌던 내 어머니도 죽는 날까지 나를 포기하지 못하고 애를 태웠다. 어머니 생각만 하면 가시가 걸린 듯 목이 따끔거렸다.

밤낮 없이 술 진창에 빠져 있는 나를 바라보며 어머니는 새벽이 올 때까지 기도했다. 어머니가 기도했던 내용이 무엇이었을지는 나도 알고 있다. 보통의 남자들처럼 아내와 자식과 더불어 작은 일에 기뻐하거나 슬퍼하다 가끔은 사는 일이 시시하다고 엄살도 부리는 그런 생활인이 되기를 빌었을 터였다. 그러나 나는 어머니가 숨을 거두는 날까지 바라던 모습을 보여드리지 못했다. 직원이 병실까지 안내해 주겠다며 앞장서 걸었다.

"한 대위님이 정말 안됐어요. 전임자한테 들었는데 병원에 들어온 이후로 바깥 구경을 못했답니다. 입원하고 일 년인가 만에 병세가 호전되어 퇴원했지만, 일주일 만에 다시 돌아오고 말았다더군요. 같이 살고 있던 다섯 살짜리 조카에게 달려들어 목을 졸랐다지 뭡니까. 간신히 뜯어말리고 나서도 한참 동안 저놈이 먼저 나한테 총을 쐈다며 난리를 쳤대요. 한 대위님을 보내지 않으면 자기가 나가겠다고 형수가 강경하게 나와서 지체할 겨를도 없이 병원으로 쫓겨 왔답니다."

직원은 내가 궁금해한다고 짐작했는지 묻지도 않은 말을 했다.

"그러고 2년쯤 지나 많이 좋아져서 다시 퇴원했지만 한 번 일을 겪은 형수가 결사적으로 반대하는 바람에 집에 갈 수 없었답니다. 결국 병원으로 돌아올 수밖에 없었던 거죠."

직원은 한 대위를 보고 너무 놀라지 말라고 말하면서 자극적인 말은 삼가 달라고 덧붙였다. 몸과 정신이 사그라들 듯 피곤했다. 주저앉아 버리고 싶을 만큼 고단한 이유가 절름거리는 다리를 끌고 버스와 택시에 시달린 탓만은 아니었다. 엘리베이터를 타고 8층으로 올라가는 동안 나는 거울 속에 비친 모습을 몇 번이나 쳐다보았다. 구정물에 적셔 놓은 듯한 추레하고 초라한 남자가 거기 있었다. 누적된 피로에 지친 우울하고 무기력한 얼굴이 보기 싫어 나는 거칠게 외면해 버렸다.

한 대위의 담당자라는 병원 직원의 전화를 받고 나서도 일주일이 지날 동안 나는 꼼짝할 수가 없었다. 전화가 온 날은 봄 날씨답지 않게 구름이 짙고 비가 내렸다. 종일 매달려서 판 도장을 막 마무리하고 난, 가게 문을 닫을 늦은 저녁이었다. 한참 동안 구부리고 있었던 터라 등이 각목을 붙여 놓은 것처럼 뻐근했다. 자리에서 일어나 기지개를 켜는데 요란한 신호음과 함께 전화기가 부르르 떨었다.

"설동준 대위십니까?"

예의를 갖춘 단정한 말투였다.

"아닌데요."

난데없이 나를 설 대위라고 부르는 남자의 기습에 나는 조금 당황했다. 남자의 음성은 확실한 물증을 잡은 노회한 형사처럼 느껴졌다. 언젠가부터 아니, 오래전 5월의 그날 이후로 누군가 나를 찾기라도 하면 본능적으로 피하게 되는 버릇이 생겨 버렸다. 나는 범죄 현장에서 발각된 죄수처럼 불안해졌다. 당혹감으로 인해 심장박동이 빨라지고 호흡이 불규칙해졌다. 나를 진정시키기 위해 즐거웠던 일을 생각해 보았지만 무참할 정도로 기억나는 일이 없었다.

"그럼 혹시 한승우 대위는 아십니까?"

직원이 한발 물러났다.

아, 한승우 대위. 한 대위의 이름이 나도 모르게 신음처럼 튀어
나왔다.

"한승우 대위가 설동준 대위님을 꼭 만나고 싶어하십니다."

직원은 연락을 받는 즉시 와 달라고 부탁했다. 하지만 한 대위
를 만나기로 결정하기까지는 쉽지 않았다. 생계를 걸고 있다 해
도 하루쯤 도장포를 닫는 것은 전혀 문제 될 게 없었다. 그것과
는 상관없이 발목을 붙잡는 이유는 얼마든지 있었다.

설동준 대위. 아주 오랜만에 들어보는 말이었다. 언제 내가 그
런 호칭으로 불리던 적이 있었나 싶게 어색하고 낯설기까지 했
다. 수화기를 내려놓고 나서야 그동안 한 대위가 살아 있다는
사실을 잊고 있었다는 생각이 들었다. 하긴, 잊어버렸다기보다
잊어버리자고 작정한 일이었을 수도 있다.

나에게 있어 한 대위는 기억하고 싶지 않은 나쁜 꿈과 같은 존
재였기에 의식적으로 외면해 왔는지도 몰랐다. 그보다 불치병에
걸린 자식을 마냥 보고 있을 수밖에 없는 부모의 무력감 비슷한
것이었을 수도 있다. 그곳에서 먼저 퇴원한 뒤로는 만나지 못했
지만 혼이 빠져나가 버린 한 대위의 초췌한 얼굴만은 세월이 흘
렀어도 기억할 수 있었다.

한 대위를 떠올리자 화농한 상처의 고름을 짜낼 때처럼 흉중
이 쓰라렸다. 쓰라림은 결국 지수에게로까지 나를 몰고 갔다.

지수를 잃고 나는 잘려 나간 다리 한쪽보다 마음이 앞서 무너
져 내렸다. 지수가 죽어갈 때 내가 그 장소에 있었다는 사실이
지수를 지켜 주지 못했다는 자책보다 천만 배는 더한 고통으로
남았다.

지수는 그때 광주의 여자중학교에 근무하고 있었다. 서울에서
학교를 다녔는데도 지수는 늘 고향에서 아이들을 가르치고 싶
다고 했다. 발령을 받았을 때, 바람이 이루어졌다고 뛸 듯이 기
뻐하던 모습이 선했다. 신촌의 지하 음악다방에서 처음 만났을
때 나는 사관학교 4학년이었고 지수는 갓 입학한 신입생이었다.
처음 본 순간부터 나는 지수에게 사로잡혔다. 어린 나이답지 않
게 말수가 적고 신중하며 단아해서 가을 국화를 연상시켰다.

오랫동안 망설이고 다짐하고 미루기를 반복해 왔지만 이번만
은 비껴갈 수 없었다. 갈 수밖에 없다는 결론을 내리고 보니 어
쩌면 이런 기회를 간절히 기다려 왔던 것 같기도 했다.

명치끝에 무지근한 통증이 느껴졌다. 의사는 계속 자신의 주
의를 무시하고 술, 담배를 끊지 않는다면 남은 생존기간을 장담
할 수 없다며 협박에 가까운 경고를 했다. 위암을 발견한 것도
심하게 위경련을 일으켜 응급실에 실려 간 덕분이었다. 자주 토
하고 번갈아 설사와 변비에 시달리고 있던 참이었다. 불규칙한
식사에 폭음과 줄담배로 연명하며 방기해 온 데에 대한 당연한

응보였다.

　의사는 이 지경이 될 때까지 미련을 떨고 있었느냐며 핀잔을 주면서도 그나마 시기를 놓친 정도는 아니라 다행이라고 했다. 시기를 놓치진 않았다 해도 진단 당시에 벌써 중기에 접어들어 있었다. 의사는 당장 수술 날짜를 잡자고 수선을 떨었다. 그러나 나는 거절했다. 나에겐 의술의 힘을 빌려 생명을 더 연장해야 할 만한 이유가 없었다. 잠시 집에 있는 그녀를 떠올렸지만 굳이 알릴 필요가 없었다.

　희망을 제거한, 체념이 주는 평안. 만약 그런 표현이 가능하다면 나에게 맞춘 말이라 여겨졌다. 예약된 손님처럼, 오래전부터 충분히 예고되어 왔던 대로 나에게 다가오고 있는 죽음의 그림자가 감지되었다. 주인이 언제라도 돌려 달라고 하면 반납해야 하는, 남의 목숨을 빌려 쓰고 있는 것 같은 부담스러움. 언젠가부터 나에게 죽음은 반드시 갚아야 하는 빚과 같았다. 결코 서두르지 않고 그러나 지체하는 법도 없던 죽음의 그림자는 한 대위의 소식으로 한층 위협적이고 가속화되는 느낌이었다.

　나는 가끔 생각한다. 동료들이 죽어갈 때 같이 죽지 않고 절름거리는 외다리로 살아남은 것이 과연 행운일까, 하고.

　"거긴 갑자기 왜요?"

　막 외출하려던 그녀는 발길을 돌려 따라 들어왔다. 나는 열어

젖혀진 쪽문의 고리를 당겨 놓고 방으로 들어갔다. 전봇대에 붙은 전단지를 통해 집을 얻으러 왔을 때 그나마 마음에 든 것이 주인집과 출입문을 따로 쓸 수 있다는 거였다. 잠깐이라도 드나들 때마다 주인집 초인종을 눌러야 하는 일은, 당해 보지 않은 사람은 짐작할 수 없을 정도로 끔찍하다. 그녀는 입고 있던 연녹색의 웃옷을 벗어 3단 서랍장 위에 휙 던졌다. 하필이면 지금 들어와 외출을 방해하느냐는 힐난으로 보여 매번 당하는 일인데도 마음이 불편했다. 민소매 티셔츠 위로 그녀의 불룩한 젖가슴이 옷을 뚫고 나올 것처럼 둥실하다. 자신의 풍만한 가슴을 보고도 무심한 나를 외계인쯤으로 여기는 눈초리도 여전하다. 당연히 나는 그녀가 어디를 가려고 했는지 묻지 않았다. 동거인인 그녀에 대해 아는 것이 별로 없다. 알고 싶지도 않다.

함께 살게 된 것도 순전히 그녀의 일방적인 뜻이었다. 나처럼 주머니 사정이 여의치 못한 반 거지들을 위해 잔 소주도 파는 허름한 술집이 있는데, 콩나물을 넣고 끓이는 해장국이 일품이었다. 제때 끼니를 때우기도 어려운 가난한 취객들은 소주보다 해장국 맛에 더 몰려들었다. 나도 예외가 아니었다.

비가 추적추적 내리는 밤이었는데 달력을 보니 음력 그믐날이었다. 설이 되어도 찾아갈 데도 찾아올 사람도 없다는 헤픈 감상에 술을 너무 마셔 버린 게 탈이었다. 정신을 차려 보니 내 단

칸방이었는데, 그녀가 팬티만 달랑 걸치고 옆에서 자고 있었다. 엉망으로 취한 나를 데려다 준 것 같았는데 다음 날도 그녀는 갈 생각을 하지 않았다. 어차피 그녀가 있건 없건 내 생활이 달라질 건 없다는 판단에 내버려 두었다. 언제 떠날지 모르지만 그것 또한 그녀가 결정할 일이다. 광주에 잠깐 다녀와야겠다는 말에 그녀는 눈을 동그랗게 뜨고 의아해했다.

"친구가 오랫동안 병원에 입원해 있었는데 오늘내일 한다는 군. 죽기 전에 나를 꼭 보고 싶어한다는 연락이 왔어."

"그런데 어떻게 그동안 연락도 없이 지냈나 모르겠네요."

그녀는 광주에 친구가 있다는 것도, 임종을 지켜야 할 만큼 가까운 사이라는 것도 믿지 못하겠다는 표정이었다. 그녀와 함께 산 2년 동안 가게와 집을 오가는 것 말고는 개인적인 일로 외출한 적이 없었다. 기껏 목욕탕을 가거나 드물게 집 뒤 낮은 산을 오르는 것이 전부였다. 그런 점도 그녀는 못마땅해 했다.

"어떤 병이기에 그렇게 오랫동안 입원해 있었어요?"

"정신병동이야."

호기심으로 빛나던 그녀의 눈이 두려움으로 벌어졌다.

"어쩌다 그렇게 되었어요?"

꼭 이유를 알아내고야 말겠다는 듯 정색을 하고 물었다. 난처했지만 대답하지 않았다. 다행히 그녀는 더는 묻지 않고 거울 앞

170

으로 가서 머리를 매만졌다. 차라리 잘된 일이었다. 그녀가 그쯤에서 물러나지 않았다면 나는 구차한 변명과 사정으로 그날의 일을 설명해야 할지도 몰랐다. 나와 전혀 상관없는 그녀라 할지라도 그동안 말할 수 없었던 이유는 물어보지 않을 수도 있다. 그보다는 자신을 속였다는 사실에 화를 낼지도 모른다.

나는 허탈해진 기분으로 화장실에 들어갔다. 손을 씻고 나오니 그녀는 나가고 없었다. 몹시 배가 고팠지만 도무지 식욕이 일지 않았다. 쓸쓸해진 나는 오랜만에 얌전하게 누워 있는 나의 페니스를 부드럽게 어루만져 주었다. 지수가 있다면 살아날지도 모르겠다는 생각을 하자 더욱 쓸쓸해졌다.

엘리베이터가 8층에 닿고 문이 열렸다. 막 점심식사를 끝냈는지 복도 끝에 식기가 널린 수레가 덩그러니 놓여 있었다. 더러는 헐렁한 환자복을 입은 남자들이 식기를 들고 느리게 걸어 다녔다. 호실을 확인해 가던 나는 813호라고 쓰인 문 앞에서 멈추어 섰다. 벽면에는 누군가의 간절한 기도처럼 휘갈겨 쓴 사랑해, 라는 낙서가 희미하게 남아 있었다. 문은 반쯤 열려 있고 복도 쪽 창문에 다이아몬드 모양의 쇠창살이 빈틈없이 촘촘하게 박혀 있었다.

문을 열고 들어간 나는 단번에 한 대위, 아니 이십 년 이상을 정신병동에서 유폐되는 대가로 일 계급 특진된 한 소령을 발견했다. 입구를 마주보고 있는 한 대위의 침대로 다가갔다. 오랜 세월 동안 병마에 시달리고 있는 한 대위의 모습은 형편없이 망가지고 피폐해져 있었다. 생도 시절, 분위기메이커로서 개그맨이라는 별명이 붙을 만큼 활달하고 쾌활하던 예전의 모습은 흔적조차 없었다.

한 대위는 구겨진 시트 위에 쪼그려 앉아 멍하니 닫힌 창밖을 바라보고 있었다. 그러나 공허한 눈은 어딘가를 보고 있는 것 같지는 않았다.

"한 대위 나야. 나를 알아보겠어?"

내가 한 대위의 손을 잡으며 어색하게 웃었다. 많은 세월이 흘렀지만 나만은 알아볼 것이라 믿었다. 그러나 나의 기대를 비웃기라도 하듯 한 대위는 힐끗 한 번 돌아보고 곧바로 조금 전의 자세로 돌아가 있었다.

"한 대위, 나야 설 대위."

얼굴을 바싹 갖다 대고 나는 다시 한 번 한 대위를 불러 보았다. 한 대위의 입가에 보일 듯 말 듯 미소가 어리는가 했지만 이내 사라졌다. 한 대위의 미소는 홍수가 할퀴고 간 빈 들녘처럼 황량하고 적막했다. 병실에는 한 대위 외에 또 한 명의 환자가 있었다. 아직 이십 대 초반의 나이로 보이는 앳된 얼굴의 청년은 내가 들어오는 것도 모르고 열중해서 무언가를 만들고 있었다. 신문지로 바구니를 접는 것 같았지만 내가 병실을 나올 때까지 계속 같은 동작을 반복하고 있었다. 한 대위가 무심하게 하품을 했다.

격렬한 공방전이 멈추었을 때는 땅거미가 지고 있었다. 우선 흩어진 진압대형을 재정비하고 예비병력을 투입해 사주경계를 시켜야 했다. 그리고 앰뷸런스를 동원해 사상자와 부상자를 후송시키는 것이 우선과제였다. 나를 비롯한 열 명 안팎의 부상자 가운데 한 대위와 최 대위가 섞여 있었고, 복부관통상을 입은 최 대위는 부상이 심해 생명이 위태로운 상황이었다.

최 대위가 만일 직접 조준된 복부관통이라면 현장에서 즉사했을 것이다. 그나마 철모나 다른 신체 부위에 스쳤다가 다시 튕기며 맞은 피탄이라서 그때까지 숨이 붙어 있었다. 한 대위는 비교적 상처가 덜한 편이었지만 경황 중에도 표정이 이상했다. 한 가지 두고두고 생각해도 이해할 수 없는 것은 내가 발견했을 때 보인 두 사람의 모습이었다. 아랫배에 총을 맞은 최 대위가 고통을 이기지 못하고 바닥을 뒹굴고 있었고, 한 대위는 선 채로 그런 최 대위를 내려다보고 있었다. 팔목과 어깨 부위에 가벼운 찰과상을 입은 한 대위는 그때까지도 방아쇠를 당기는 자세였다.

그 모습은 보기에 따라서는 한 대위가 최 대위에게 총을 쏜 것 같아 보이기도 했다. 그러나 응급 지혈을 받고 후방 병원으로 후송되느라 더 이상 생각할 겨를이 없었다.

군복 바지가 피로 흠뻑 젖은 최 대위를 보고, 군의관들은 한결같이 고개를 저었다. 이번 작전이 끝나면 의상 디자이너인 약혼녀와 결혼식을 올리기로 했다며 붉어지던 최 대위의 뺨도 핏물에 범벅이 되어 있었다. 의식을 잃고 있던 최 대위가 잠깐 눈을 뜨더니 할 말이 있는지 입술을 움직였다. 내가 귀를 바싹 갖다 댔다. 무어라고 중얼거리는 중에 어렴풋하게나마 한 대위 이름을 들은 것 같았다. 깜짝 놀란 내가 더 할 말이 있으면 지금 하라고 소리쳤다. 그러나 최 대위는 두 눈을 부릅뜬 채 숨을 거두었다. 너무나 순식간에 일어난 일이어서 나는 그때까지도 최 대위의 죽음이 현실로 여겨지지 않았다.

봄밤, 얼굴에 살기를 띠고 때에 절은 얼룩무늬 전투복을 고쳐 입을 때 어느 죽일 놈들이 내 아들을 전쟁터로 보내느냐며 울부짖던 어머니를 떠올리며, 돼지비계가 둥둥 뜨는 식판을 앞에 놓고 M16 소총을 반들거리게 닦으면서 나는 반문했다. 진압이라니, 과연 무얼 진압하라는 말인가. 정신과 병동에 옮겨진 한 대위의 발병 원인을 놓고 의사들의 소견이 분분했다. 병명도 충격에 의한 일시적인 공황 상태라는 것부터 대인공포증, 심한 스트

레스, 분열증세 등 서너 가지에 이르렀다.

그러나 어느 누구도 한 대위의 머릿속을 채우고 있을, 돌아 버리릴 수밖에 없는 분노와 절망을 온전히 알지는 못했다. 한 대위는 여전히 그날의 악몽에서 한 발자국도 나오지 못하고 헤매고 있는지도 몰랐다. 아니면 지금까지도 그날의 처참한 광경을 무서움에 떨며 보고 있을 수도 있다.

한 대위의 변화를 가장 먼저 발견한 사람은 나였다. 한 대위가 정신과 병동으로 가기 전까지는 나와 같은 외과 치료를 받고 있었기에 한 병실에 있었다. 나는 그때 다리를 절단해야 할 처지였다. 총알이 발목을 관통할 때 살과 뼈가 엉망으로 으스러져 버렸다. 걸레처럼 너덜너덜해진 것을 어떻게 하든 자르지 않으려고 얼기설기 얽어 놓았는데, 감염된 부위가 하루가 다르게 썩어 들어갔던 것이다. 단단히 각오를 해도 마음이 착잡한 것은 숨길 수 없었다. 덕분에 밤을 꼬박 새울 정도로 불면증에 시달렸다. 화장실에 자주 들락거린 것도 그런 이유 때문이었다.

화장실에서 나오는데 복도에 한 대위가 서 있었다. 왜 자지 않고 나와 있느냐고 물을 때까지만 해도 한 대위가 바지에 오줌을 쌌는지 몰랐다. 그런데 한 대위가 대답을 못하고 안절부절 못했다. 그때서야 한 대위의 옷이 젖어 있고 바닥에 물기가 흥건한 것이 보였다. 실성한 사람처럼 동공이 벌어져 있고 입가에는 침이 흘러내려 번질거렸다. 그보다 더 놀란 것은 한 대위가 자신이 지금 처한 상황을 이해하지 못하고 있다는 사실이었다. 주위에 있던 환우들이 놀라 이름을 부르고 팔을 잡아 흔들고, 심지어 정신 차리라며 뺨을 때리기도 했지만, 그의 표정은 변하지 않았다. 병원에 비상이 걸리고 한 대위는 곧바로 정신과 검사를 받으러 갔는데, 그게 마지막이었다.

한 대위가 일반 외과에서 정신과 병동으로 옮겨 가자 한 대위에 대한 구구한 억측이 유령처럼 떠돌았다. 한 대위가 얼떨결에 쏜 총에 고등학생이 죽은 것을 보고 충격을 받아 돌아 버렸다는 말이 있는가 하면, 사병들이 총을 쏘는 것을 말리다 그 자리에서 졸도했다는 말도 들렸다. 더욱 기가 막히는 것은 한 대위가 지레 겁을 먹고 일부러 미친 척한다는 소문이었다.

혹시? 섬광처럼 나의 뇌리에 한 대위와 최 대위를 발견했을 당시의 상황이 떠올랐다. 그러나 그뿐, 더 이상은 어떤 생각도 추론도 할 수 없었다. 그러나 누가 어떤 말을 하든 예전의 한 대위로 돌아갈 수 없다는 것만큼은 분명한 사실이었다. 가만히 한 대위의 손을 잡아 보았다. 앙상하게 마른 손은 의외로 따뜻했다. 마치 아직은 살아 있어 피가 흐르고 있다고 항변하는 것 같은 한 대위의 손을 한참 동안 붙잡고 있었다. 한 대위는 한때 이 손으로 바이올린을 켰다.

'중학교 2학년 때인가 어느 골목길을 지나는데 바이올린 소리
가 들렸어. 그 순간, 뭐랄까 온몸이 감전되는 것 같았어. 집에 와
서 막무가내로 바이올린을 사 달라고 졸랐는데 아버지는 물론
안 된다고 했지. 남자가 할 일이 못 된다고 말이야. 아버지는 내
게 늘 힘 있는 남자가 돼야 한다고 말했지. 아버지가 말하는 힘
이란 게 구체적으로 어떤 걸 말하는지는 잘 모르겠지만 어쨌든
내 생각과 많이 다른 것 같았어.'

한 대위는 아버지 몰래 차비를 아껴 모은 돈으로 바이올린을
배웠다던가. 첫 월급을 타서 샀다는 바이올린을 무척이나 아꼈
던 기억도 났다. 일과가 끝난 저녁이나 주말 오후면 한 대위의
연주를 들을 수 있었다. 생도 중 적지 않은 수가 자신의 목표나
의지보다 어려운 형편과 부모 때문에 제복을 입었다. 그런 탓에
한 대위의 연주는 멀리 있는 가족과 고향에 대한 애틋한 그리움
에 젖게도 했다.

"한 대위, 나야 설 대위. 자네가 나를 찾는다기에 처음엔 많이
놀랐어. 그리고 미안했어. 사실은 그동안 자네를 잊고 있었어.
아니, 잊어버리려고 노력했지. 왜 그랬느냐 하면 뭐랄까, 나를 보
면 왠지 자네가 더 나빠질 것 같은 생각이 들었어. 아니, 내가 더
참담해질 것 같은 생각이 들더군."

말을 하는 동안 한 대위는 생각에 잠긴 듯 고개를 숙이고 있었

는데 내 말을 듣고 있는 것 같지는 않았다. 무력감 때문인지 다시 명치끝이 아파 오기 시작했다. 억지를 쓰듯 기분을 바꾸어 밝은 목소리를 냈다.

"우리 둘이 생도 때 같은 중대여서 내무반도 함께 썼잖아. 그리고 외박 때 너희 집에도 가고 했던 거 생각 안 나? 그리고 오락시간에는 우리 중대 대표로 나가 언제나 일등상을 따 냈잖아."

과장된 동작과 목소리를 내려니 나도 모르게 쓴웃음이 나왔다. 안간힘을 써 보았지만 소용없었다. 한 대위는 입을 열지 않았다. 잠깐씩 내 얼굴을 뚫어지게 바라보았지만 그게 다였다. 목구멍이 간질거리더니 기어이 눈물이 나왔다. 다시는 살아서 만나지 못할 게 뻔했다. 살아서 만나는 마지막을 이렇게 보낸다고 생각하니 가슴이 미어졌다. 어쩔 수 없이 착잡한 마음을 추스르며 자리에서 일어났다.

"그런데 말이야."

나는 놀라서 한 대위를 바라보았다. 얼굴에는 여전히 참혹한 고통에 시달리는 어둠이 드리워져 있었지만 목소리는 차분했다.

"내가 보고 싶어 한다는 연락을 받고 많이 놀랐을 거야. 나도 처음엔 망설였지. 그러나 선택의 여지가 없었어. 내 말을 전할 데가 자네밖에 없었으니까. 직원한테 들었겠지만 언제 돌변할지는 나도 몰라."

한 대위의 말은 정신이 잘못된 사람이라고는 믿어지지 않을 만큼 침착하고 논리 정연했다.

"꿈에서 최 대위를 봤는데 얼굴이 많이 늙어 있었어. 어딘가 가고 있었는데 나더러 따라오라고 하더군. 마음은 싫었지만 왠지 최 대위의 명령을 거역하면 안 될 것 같은 느낌이었지. 꿈이든 생시든 나는 명령을 거역할 용기가 없었어. 동굴 속으로 한참을 걸어갔는데 내가 들어가니까 저절로 문이 닫혀 버렸어. 문을 열어 달라고 소리치다 잠이 깼는데 마치 현실처럼 생생해."

기어이 내가 묻고 말았다.

"그때 말이야……."

"자네가 무슨 말을 하려는지 짐작할 수 있어. 내 평생에 그날만큼 운이 나쁜 적은 없었지."

"무슨 소리야."

"솔직히 말해 봐. 그때 우리들이 한 일을 어떻게 생각하나. 물론 내 의지가 아니었다고, 명령 때문에 어쩔 수 없었다고 변명할 수 있겠지. 그렇다고 있었던 일이 없어지지는 않아. 내가 최 대위를 쐈다고 생각하고 있겠지. 그렇게 보였을 테니까. 사실은 최 대위가 어린 학생에게 총을 쏘았거든. 개새끼. 그 순간 누군가가 내 귀에 대고 최 대위를 용서하지 말라고 속삭였어."

한 대위가 쥐고 있던 주먹을 부르르 떨었다.

"정말, 자네가 최 대위를 쏜 거야?"

한 대위가 갑자기 소리쳤다.

"아니야. 나는 아니야. 내가 쏘지 않았어. 그놈이 먼저 나를 쏘려 했단 말이야. 그래 맞아. 내가 그놈을 쐈어. 죽여 버리고 싶었거든. 왜냐구? 그런 놈은 죽어야 해. 아니, 난 절대 죽이지 않았어. 아……."

한 대위가 괴로움을 이기지 못하겠다는 듯 발작적으로 벽에 머리를 찧었다. 쿵쿵거리는 울림이 내 마음에 아픈 공명을 일으켰다. 문이 열리고 흰 가운을 입은 남자 두 명이 쏜살같이 달려왔다. 두 사람은 겁에 질려 달아나려는 한 대위를 완력으로 잡아 눕히고 안정제를 주사했다. 기력이 다한 한 대위가 맥없이 침대에 쓰러졌다. 직감적으로 한 대위의 죽음이 가까워졌다는 게 느껴졌다. 주검처럼 널브러져 있는 한 대위를 끌어안고 길게 포옹했다. 맞댄 가슴에서 가늘게 떨고 있는 한 대위의 심장소리가 들렸다. 나는 아직도 뛰고 있는 한 대위의 심장소리를 오래 기억해 두기 위해 두 귀를 모았다.

후문을 지나 모퉁이를 돌아 나오자 바로 충장로였다. 상가 밀집 지역답게 숲을 이루고 있는 빌딩의 층마다 개성을 달리하는 간판들이 요령 있게 붙어 있었다. 베니건스와 아웃백 등 외국에서 들어온 패밀리 레스토랑도 눈에 띄었다. 예상하지 못했던 광경이었다. 그러나 낯선 풍경들이 그리 낯설지만은 않았다. 오래전 그때, 시퍼런 새벽하늘을 뚫고 이 거리를 지나간 기억이 통증처럼 되살아났기 때문이다.

여기쯤이었을 것이다. 나는 앞면에 붉은 벽돌로 치장을 하고 옅은 살색으로 벽을 칠한 건물 앞에 섰다. 신기하게도 간판은 그대로였다. 녹두 다방. 지수는 언제나 이곳에서 나를 기다렸다. 대개는 시집을 읽고 있거나 두 손을 무릎에 단정하게 올려놓고 앉아 있었다. 내가 좋아했던 지수의 긴 머리는 언제나 정갈하고 윤이 났다. 이제 지수는 이곳에 없다. 나는 지수가 어딘가에 있기라도 한 듯 활짝 열려 있는 문 안으로 성큼 발을 밀어 넣었다.

머리를 길게 묶어 늘어뜨린 여자가 창가에 서서 밖을 보고 있었다. 검정 블라우스와 치마를 차려입은 모습이 방금 상가에 문상을 하고 왔거나 갈 것처럼 보였다. 여자의 모습이 언젠가 본 듯 눈에 익었다. 낮은 선율의 음악이 실내를 유영하듯 흐르고 있었다. 죽음을 부르는 노래라는 부제가 붙은 글루미 선데이. 외로운 일요일을 나는 너무 많이 보냈어. 오늘 나는 긴 밤 속으로 길을 떠날 거야. 울지마 친구들아, 나는 드디어 홀가분해. 사랑하는 여인에게 버림을 받은 작곡가가 만들었다는 이 곡을 듣고 수백 명의 사람이 죽음 속으로 갔다 했던가.

주문을 하는 내게 여자는 음악을 그대로 두어도 괜찮겠느냐
고 물었다. 여자의 얼굴이 주검처럼 창백했다. 나는 괜찮다는 의
미로 고개를 끄덕여 주었다. 쓴 커피를 한 모금 들이키자 갑자기
천식환자처럼 기침이 터져 나왔다. 한동안 목구멍이 터져 버릴
것 같은 기침을 토하고 나니 심한 폭력을 당한 느낌이었다.

광주에 투입된다는 사실은 이동 직전에 알았다. 그동안 확인
할 수 없는 흉흉한 소문들이 부대 안에 떠돌았지만 어떤 사안도
예측할 수 없었다. 근무지를 따라 이동해야 하는 나와 지수가
자주 만나기는 어려웠다. 한 달에 두세 번꼴로 지수가 내게 오든
지, 내가 지수를 만나러 갔다. 광주에 가기 전날에도 밤이 늦어
서야 지수에게 알렸다. 한참을 기다린 끝에 지수가 전화를 받았
는데 갈라진 목소리였다. 불길한 예감이 잠깐 스쳤지만 금방 잊
어버렸다.

다음 날 광주에 도착해 보니 상황은 예상했던 것보다 훨씬 험
악했다. 숨 돌릴 틈도 없이 곧바로 진압 대열에 합류해야 했고
사태를 파악하느라 정신이 없었다. 지수와는 전날의 짧은 통화
가 마지막이었다. 스스로 계획하지 않은 일이 벌어졌을 경우엔
운명으로 돌려야 한다는 말을 들은 적이 있다. 나 역시 지수가
그날 그 자리에 있었던 것은 누구의 잘못도 아닌 운명이라고 말
할 수밖에 없다. 그날은 마침 일요일이었다. 지수는 내가 그곳

을 지나갈 줄 알고 나를 만나러 갔던 것일까. 지수가 살아 있다면 물어볼 수 있을 텐데, 하는 부질없고 어리석은 생각이 잠깐 스쳤다.

광주에 투입된 다음 날 새벽, 시내로 진입하는 과정에 교전이 있었다. 앞서 가던 사병이 퍽 소리를 내며 바닥에 넘어졌다. 본능적으로 몸을 피하고 방어태세를 취했다. 몸을 휘감는 긴장감 때문에 심장이 금방이라도 터질 듯이 벌떡거렸다. 총대를 쥐고 있는 손목에 저절로 힘이 들어갔다. 나도 모르게 온몸이 절망적인 살기로 바르르 떨렸다. 머리를 처박고 있는 사병들의 어깨너머로 목판에 새긴 찻집 간판이 보였다.

여자의 단말마적인 비명소리가 들린 것은 그때였다. 지수의 음성이라고 느껴지는 순간, 나는 신경질적으로 머리를 흔들었다. 절대 그럴 리가 없어. 환청일 거야. 그러나 귀에 익은 비명소리는 잘못 들었다고 하기에는 너무나 또렷했다.

잘라 낸 다리의 상처가 아물 때를 기다리지 못하고 나는 지수가 근무하던 학교에 찾아갔다. 차마 지수의 부모를 만날 용기는 없었다. 그런 불온한 사건이 없었던 때도 지수의 부모는 내 직업을 탐탁해하지 않았다. 박봉에다 밥 먹듯 이사를 해야 하는 열악한 떠돌이 생활만이 아니었다. 익히 알고 있었지만 직업 군인에 대한 대다수의 인식은 내가 짐작하고 있던 것보다 훨씬 더 부정적이었다. 하물며 지수가 죽임을 당한 마당에야 이를 갈아붙이며 증오할 게 뻔했다. 지수를 죽인 자가 누구인지는 나도 모른다. 한 대위일 수도 있고 최 대위일 수도 있다. 어쩌면 나인지도 모를 일이다.

찻집 여자가 오디오의 볼륨을 높였다. 소리는 이제 흐느낌으로 나를 흔들어 댔다. 죽음의 소리를 차마 더 듣고 있을 수 없었다. 나는 남아 있는 커피를 단숨에 털어 넣고 일어섰다. 여기쯤이었을까. 찻집을 나온 나는 지수의 시체가 발견되었을 위치를 가늠해 보았다. 그 위로 붉은색 스포츠카 한 대가 경적을 울리며 지나갔다.

택시를 타기 전, 근처 편의점에서 담배 한 갑과 소주 한 병을 샀다.

"망월동 갑시다."

내가 행선지를 일러주자 기사가 "아주 오랜만에 와 보시는 것 같습니다. 지금은 국립 5·18묘지로 조성되어 민주화를 위해 투쟁하다 산화한 영령들을 모셔 두었지요." 하고 설명을 덧붙였다. 사투리가 전혀 섞이지 않은 깔끔한 표준어였다.

"아, 예……."

나는 왠지 큰 실수라도 저지른 듯 겸연쩍어졌다. 농산물 공판장을 지나 도동고개를 넘어서자 5·18묘지 표지판이 보였다. 묘지 입구에 알록달록한 조화를 펼쳐 놓고 파는 난전이 두어 군데 보였다. 양손에 흰 국화를 든 여자가 지나는 차를 향해 만세를 부르듯 팔을 흔들었다. 잠시 지수를 떠올리며 꽃을 살까 하다가 이내 생각을 거두었다. 내가 망설이는 것을 보고 차를 대려던 기사는 다시 속도를 높였다.

"이곳에 아는 분이 계십니까?"

사십 대 중반으로 보이는 기사가 물었다. 얼굴은 그렇지 않은데 머리가 하얬다.

"예, 뭐 그런 건 아니고 꼭 한번 와 보고 싶었습니다."

"네, 저는 가까운 가족이 계신가 했지요. 타실 때 뵈니까 상심이 깊어 보여서요. 많은 손님들을 대하다 보니 이젠 얼굴만 봐도 대강 알겠더군요."

"그렇게 보였나 보군요. 그럼 기사님은 여기에 아는 분이 있습니까?"

"사실 이 바닥에 사는 사람 중에 그 당시 사돈의 팔촌이라도 한두 명 희생당하지 않은 집이 어딨겠습니까? 저도 직계가족은 아니지만 외사촌형이 이곳에 묻혔지요."

"아, 네."

머리가 쪼개질 듯이 아파 왔다. 의자에 비스듬히 기대고 눈을 감았다. 현기증이 일더니 별안간 시야가 깜깜해졌다. 터널이었다. 천장에 설치된 조명은 모조리 꺼져 있고 터널 안은 앞을 분간할 수 없을 만큼 어둡고 습했다.

짐승의 아가리보다 깊은 터널 안 저만치, 안개처럼 희끄무레한 어둠 속에 여자가 가녀린 몸을 간신히 지탱하고 서 있었다. 나도 모르게 몸을 앞으로 바싹 당겼다. 머리를 산발한 여자는 신발도 없이 맨발이었다. 여자의 유방에서 쉴새없이 피가 흘러내리고 있었다.

여자가 허공을 향해 절규했다. 아가야, 내 아가야. 여자가 몇 번이나 반복해서 뱉어낸 말은 아기를 부르는 소리였다. 부르고 있다기보다 죽인 자를 향해 원망하고 애통해하고 있었다. 여자 옆에도 검은 그림자를 길게 드리운 모습이 있었다. 아직도 앳된 티가 가시지 않은 교복차림의 여학생 팔목에서도 폭죽처럼 피가 솟구치고 있었다. 퇴근길의 양복 차림 젊은 청년도 있고 공사판에서 등짐을 졌을 성싶은, 건장하지만 무척 고단한 얼굴을 한 남자도 있었다. 그밖에도 헤아릴 수 없이 많은 그림자가 어둠 속을 서성이고 있었다. 사람들의 표정은 한결같이 고통과 절망으로 일그러져 있었으며, 허공을 헤매는 눈동자는 초점 없이 흐릿했다.

끔찍한 광경에 놀라 고개를 돌리던 나의 시선은 다시 한 곳에 꽂혔다. 그들 무리 가운데에 최 대위가 있었다. 무리들은 공포에 질려 있는 최 대위를 향해 금방이라도 목을 비틀어 버리겠다는 기세로 달려들었다. 최 대위는 안간힘을 쓰며 저항하는 것 같았지만 성난 그들을 당해 내기에는 무력해 보였다. 내가 소리쳐 최 대위를 불렀다. 그러나 성대를 거세당한 개처럼 소리가 목 밖으로 나오지 않았다.

"어디 몸이 편찮으십니까?"

정신을 차린 나는 긍정도 부정도 아닌 애매한 웃음을 흘리고 말았다. 잠깐 실타래처럼 엉킨 미로 속을 헤매다 나온 것 같았다. 그도 아니면 기억하지 못하는 아득한 전생의 어느 후미진 골목을 다녀온 듯도 했다. 그러나 꿈이라고 하기에는 남아 있는 느낌이 너무 생생했다. 묘지에 다다를 때까지 나와 기사는 서로 말이 없었다. 차창 밖으로 봄날의 따사로운 햇살이 저만치 스러지고 있었다.

광장은 넉넉하고 평화로워 보였다. 축제 전야처럼 곳곳에 다가오는 기념일 행사를 홍보하는 깃발이 펄럭이고 있었다. 초등학생 남자아이와 여자아이가 자전거를 타고 있었다. 앞서가던 남자아이가 넘어지자 뒤따르던 여자아이가 숨이 넘어갈 듯 까르륵 웃었다. 자루 속에 있던 구슬이 한꺼번에 쏟아져 굴러가는 것처럼 투명하고 경쾌한 소리였다.

　나도 지수가 낳은 아이와 함께 술래잡기를 하며 저런 웃음소리를 듣고 싶었다. 광주에서 돌아왔을 때 내 다리 한쪽은 무릎 아래가 없었다. 어머니는 헐렁한 빈 바지를 보고 울음을 터트리면서도 애써 나를 위로하려 노력했다. 그러나 폭력의 속성은 나의 육신을 망가뜨리고 성정마저 바꿔 버렸다. 창자가 튀어나올 만큼 울며 애통해하는 어머니에게 나는 마치 내 다리 하나를 훔쳐 가기라도 한 것처럼 폭언을 퍼붓고 난폭하게 대했다. 그렇게 집안을 공포로 뒤집어 놓고 난 뒤에 찾아오는 모멸감과 절망감도 이겨 내기 어려웠다.

　나는 그곳이 참배 장소라는 것도 잊고 급하게 담배 한 대를 붙여 물었다. 비치된 팸플릿을 집어 들고 천천히 걸음을 옮겼다. 민주의 문 앞에 가까이 왔을 때 등 뒤에서 휴대전화 벨소리에 이어 굵직한 남자의 음성이 들렸다.

　"여기 5·18 국립묘지야. 내일 중요한 일이 있어 서울에 가는데, 가기 전에 영령님들께 참배하고 가려고 왔어. 우리한테야 여기가 성전이잖아. 바쁘지만 큰일 앞에 두고 그냥 가면 안 될 것 같아서 말이야."

　뒤를 돌아보니 키가 크고 체격이 좋은 삼십 대 중반의 남자가 휴대전화를 받고 있었다. 전화기를 잡고 있는 손이 검고 투박했다. 남자와 나란히 서 있는 또 한 명의 남자 역시 검정 양복을 입고 있었다. 상복까지 차려입은 그들을 보자 나도 모르게 입고 있는 옷을 내려다보았다. 카키색 면바지에 제멋대로 늘어난 티셔츠와 낡은 점퍼가 비루했다. 그러고 보니 제대로 격식을 차려 옷을 입어 본 지가 언제인지 몰랐다. 먹는 것도 입는 것도 하찮게 여기게 된 지 오래였다.

묘지 사이를 천천히 걸으며 묘비명을 꼼꼼하게 살펴보았다. 지수를 찾아야겠다고 마음먹으면 지키지 못했다는 자책이 앞을 가로막았다. 한 대위를 의식적으로 외면한 것 역시 그와 무관하지 않았다. 그러나 묘지 입구에 들어서는 순간, 내가 그동안 얼마나 지수를 그리워해 왔는지 확연해졌다. 작은 비석들에는 이름과 나이, 사망 장소 등이 씌어 있었다. 불과 일주일 동안에 이처럼 많은 사람이 죽을 수 있다니, 두려웠다. 이들을 죽인 자들은 다 어디에 있을까. 죽지 않았다면 나처럼 누군가에게 들키기라도 할까 봐 전전긍긍하며 불행한 삶을 살고 있겠지.

흰머리를 쪽진 할머니가 봉분 앞에 찔레꽃 다발과 소주병을 놓고 엎드려 있었다. 울고 있는지 간혹 어깨를 들썩였다.

한 대위는 나에게 꼭 함께 국립묘지에 묻히자고 했다. 이런 불행한 미래를 상상하지 못했던 초급장교 시절이었다. 군인의 사명감과 자긍심으로 가슴이 뜨겁던 젊은 나이이기도 했다. 한 대위가 죽으면 어디로 갈까. 최 대위의 시체는 불에 태워져 가루가 되었다던가. 나도 국립묘지에 갈 확률은 희박하다. 그러고 보면 우리들 중 누구도 군인의 마지막 영광을 누릴 사람은 없었다. 나는 윤지수라고 씌어 있는 비석 앞에 멈춰 섰다. 1980년 ○월 ○일……. 그 다음은 보지 않았다. '당신은 정말 좋은 사람이에요.' 그렇게 속삭이며 어리광을 피우던 사랑스런 지수. 설령 내 앞의 윤지수가 지수가 아니어도 그만이다. 나는 이제 지수를 편하게 만날 수 있을 것이다.

또 명치끝이 아파 왔다. 한번 시작된 통증은 감당할 수 없을 정도로 맹렬하고 끈질겼다. 땀이 흐르고 정신이 혼미해졌다. 지수가 흰 이를 드러내고 웃으며 솜털같이 부드럽고 따스한 손을 내밀었다. 지수를 붙잡고 싶은 갈망에 온몸이 아프게 달아올랐다. 지수의 손을 잡았다고 안도하는 순간, 나는 무덤 옆에 풀썩 쓰러졌다.

연장

새벽을 깨우는 수탉의 울음이 사정없이 방 안을 휘저었다. 한지가 찢기는 듯한 소리는 어찌나 앙칼지던지 듣기에 따라서는 마치 이렇게 울어 대도 일어나지 않을 테냐, 하는 것 같았다. 석주는 늘어지게 기지개를 켠 뒤에야 자리에서 일어났다. 어젯밤 학재를 돌려보내고 새벽까지 가야금을 만지다 밖이 희붐할 때에야 잠이 들었다.

학재는 자신이 운영하고 있는 가야금 교실 연구생들의 발표회에 참석했다 돌아가는 길에 들렀다고 했다. 그러나 그것은 핑계일 뿐, 학재가 석주를 찾은 이유는 다른 데에 있었다. 몸을 일으키는데 평소와 달리 다리가 무지근했다. 소주 서너 잔 마신 것 때문만은 아닐 테니 어쩌면 학재의 부탁에 마음이 무거운 탓인지도 모르겠다.

방문을 열자 세찬 빗줄기가 툇마루를 적시며 쏟아지고 있었다. 추분이 지났는데도 비는 장마철마냥 시도 때도 없이 내리고 날씨는 여전히 후끈거렸다. 열어젖힌 방문 밖에는 짙푸른 대나무 숲이 펼쳐져 있었다. 정착할 곳을 찾아다니다 이 집을 발견한 석주는 선 자리에서 계약을 하고 옆에 붙은 밭까지 사들였다. 바로 코앞에 심하게 냄새를 풍기는 돼지우리가 있는 것이 꺼림칙했지만 포기할 만한 이유는 되지 않았다. 밭에는 담자색과 흰색이 뒤섞인 무장다리꽃이 한창이었다. 석주가 위치나 구조가 훨씬 나은 곳들을 물리치고 폐가나 다름없던 이 집을 택한 이유는, 마당을 둘러싼 대숲과 함께 사이좋은 오누이처럼 서 있는 오동나무 때문이었다.

어쩌면 이렇게 옛집을 닮았을까. 예상치 못했던 풍경들과 맞닥뜨렸을 때 석주는 꿈을 꾸고 있는 것은 아닌가 생각했다. 늙은 낙타 등처럼 짚이 듬성듬성 썩어 내린 초가지붕과 좁은 마루를 보고는 무릎을 쳤다. 문짝이 떨어져 나간 헛간과 구더기가 들끓는 뒷간. 아버지가 한 번 들어가면 며칠씩 바깥에 나오지도 않고 작업에 몰두하던 반쯤 무너진 아래채. 그곳은 세상에서 가장 아름다운 소리를 내는 가야금을 만들겠다는 아버지만의 성역이었다. 그뿐이었던가. 가난이 어떤 것인지 손에 쥐어 주고 보여 주고, 꼬르록 소리를 내는 배고픔으로 느낄 수 있게 해 주었던 곳. 결국엔 참을 수 없는 모멸감에 떨게 했던 그 모든 것들이 가뭄 끝에 드러나는 논바닥처럼 일시에 되살아났다.

스무 살 무렵의 석주는 그것들로부터 멀리 달아나고 싶었다. 그리고 가능하면 영원히 다시 마주치지 않기를 바라기도 했다.

'나는 아버지처럼 살지 않겠어요. 아버지가 아무리 강요해도 절대 가야금 따위나 만들며 인생을 썩히지는 않을 거예요.'

그랬는데, 죽을 때까지 그럴 것이라 여겼는데 그게 아니었다. 아버지를 떠나 도시의 뒷골목에서 부랑자 같은 생활을 시작한 지 얼마 되지 않아 석주는 자신이 얼마나 어리석었던가를 깨달았다. 작두날 위를 걷는 것처럼 위태로운 하루를 넘기고 늦은 밤 잠자리에 지친 등을 누이면 잠은 오지 않고 아버지 생각이 났다. 눈을 감고 있으면 희한하게 두고 온 집이 더욱 선명하게 보였다. 그런 밤이면 곧잘 뜬눈으로 밤을 새웠다.

'요즘 같은 세상에 가야금 만드는 일을 누가 알아주기나 한 대요? 가야금 때문에 어머니도 잃었어요. 남들이 뒤에서 아버지를 보고 뭐라 수군거리는지 알기나 하세요? 미친 사람이래요!'

석주가 뱉어 낸 독한 말들은 비수가 되어 아버지의 가슴을 후비고 찢어 놓았을 터였다. 석주는 오랫동안 가야금과 아버지가 어머니를 죽게 했다는 생각을 떨칠 수 없었다. 석주의 어머니는 춥고 깊은 밤, 오동나무에 목을 맸다. 그날도 아버지는 작업장에서 가야금을 만지고 있었다. 아버지는 천상의 소리를 내는 가야금 만들기를 소원하며 고심하고 매달렸다. 그 일을 하느라 다리한 쪽과 지어미를 잃었다. 버리고 잃은 것이 어디 그뿐이었던가. 하지만 아버지는 끝내 염원하던 일을 이루지 못하고 이승을 떠났다.

물론 세상은 석주의 아버지인 우헌 선생을 인정했다. 그가 만든 가야금을 얻기 위해 많은 이들이 다투었고, 소장한 사람은 이를 아끼며 자랑스러워했다. 그 당시 어느 누구도 우헌의 가야금 만드는 솜씨를 따라오지 못했다. 그리고 완벽하다는 평이었다. 그러나 우헌 스스로는 늘 자신이 만든 가야금을 한에 차지 않아했다.

부표처럼 떠돌던 생활을 접고 안착한 이즈음의 석주에게 사람들은 안정되고 편안해 보인다며 덕담을 했다. 그러나 남들이 짐작하는 것과는 달리 석주의 가슴은 무언가에 쫓기듯 초조하고 다급했다.

죽죽 뻗어 있는 대나무들은 금방이라도 푸른 물줄기를 내뿜을 듯 도도한 자태를 드러내고 있었다. 그 앞에 마치 대나무들의 호위를 받고 있는 듯한 모습의 오동나무 두 그루가 간단없이 뿌리는 비를 맞고 서 있었다. 석주의 마음이 장성한 자식을 안고 있는 것처럼 넉넉하고 대견했다. 이제는 저것들을 베어도 될 것 같았다. 비바람이나 병충해에도 쓰러지지 않고 재목이 될 만큼 탈없이 충분히 자라 준 것이 고마웠다. 어쩌면 아버지의 소원을 이루어 드릴 수도 있겠다는 생각이 잠시 들었다. 그러나 다음 순간, 잠복해 있던 훼방꾼처럼 나무를 탐내던 학재의 말이 떠올라 언짢아지고 말았다.

"가야금이라면 나보다야 자네가 한 수 위잖아. 그것은 이미 세상이 다 아는 일이고."

가야금을 만들어 달라는 부탁에 석주가 사양하자 순간 학재의 표정이 굳어지는가 싶었으나 곧바로 수습했다.

"너무 그렇게 비아냥거리지 말고. 어떤 사람을 통해 주문이 들어왔는데, 내가 자네 아버님 우헌 선생님의 제자가 맞느냐며 확인을 하는 거야. 스승님이 만든 가야금을 한 대 가지고 있었는데 잘못해서 깨졌다는군. 그러면서 그것과 똑같이 만들어 줄 수 있느냐고 묻는 거야. 아니, 아예 똑같이 만들어 달라며 통사정을 하더군. 물건을 주문한 분이 아침저녁으로 신문에 날 만큼 고위 층이라니 거절할 수도 없고. 염치없게 들릴지 모르겠지만 사실 은 자네가 가지고 있는 물건이 떠올랐다네. 물론 값이야 후하게

쳐 준다고 했네.”

“아니 그게 어떤 건지는 자네가 더 잘 알지 않는가. 아버님이
남긴 유일한 금(琴)인 것을.”

“물론 알지. 그러니까 달라는 말을 못하는 게 아닌가. 그래서
말인데……. 자네 집 오동도 이제 제 몫을 할 만큼 자랐겠지?”

거기까지만 들어도 학재의 의중이 무엇인지 알 것 같았다. 아
버지가 남긴 가야금을 입에 올리는 것도 어이없었지만 내 집의
오동까지 탐내다니, 석주는 머리끝까지 화가 치밀었다.

“그러면 그 대단한 사람에게 진상할 물건을 만들기 위해 나무
를 베자는 말 아닌가. 듣고 보니 금을 아는 사람 같지도 않은데.
그리고 설사 지금 베도 몇 년 후에나 쓸 수 있는데, 그때까지 기
다리겠다는 말인가.”

자신도 모르게 높아진 음성이 떨렸다. 눈치 빠른 학재가 석주
의 심경을 모를 리 없을 텐데도 물러서지 않았다.

“진상이라니, 무슨 말을 그리 얄궂게 하나. 가치를 아는 분이
장인의 솜씨를 높이 사서 소장하고 싶다는 건데. 말이야 바른 말
이지, 아무도 사 주지 않는다면 자네나 나나 손이 닳토록 만들
어 본들 무슨 소용이 있겠어. 그리고 기다려야 한다는 것쯤은 아
는 분이야.”

학재가 볼멘 소리를 했다.

"그렇게 대단한 분이 부탁을 했다면 그건 자네의 솜씨를 사겠다는 것일 테지. 그런데 내가 만들어 준다면 이건 명백한 사기가 아닌가. 더구나 내 집의 오동을 베어서."

참으려 했지만 석주는 결국 상한 기분을 드러내고 말았다. 아무리 좋게 생각하려 해도 학재의 행태가 용납되지 않았다.

"자네가 지금 왜 그렇게 화를 내는지는 알고도 남아. 하지만 나도 그때는 어쩔 수 없었어. 끝이 보이지 않는 이 일에 목숨을 걸기엔 너무 젊었던 거지. 그리고 아무리 세월이 흘러도 나는 우헌 선생님의 아들, 아니 좀 더 솔직하게 말한다면 수제자는 될 수 없다는 명백한 현실을 인식해 버렸던 거야. 그래서 떠난 거였어."

"아버지가 가야금을 놓고 어디 사소한 정에 기우는 분이셨나. 그보다는 돈이 안 된다는 이유는 아니었고?"

"그 지독한 독설은 여전하군."

"그럼, 학재 자네가 다시 돌아왔던 이유는 대체 뭐였나?"

"믿지 않겠지만 가야금을 떠나 있는 동안 늘 불행하다고 느껴졌어."

격앙된 감정대로라면 당장이라도 자리를 박차고 나가 버리고 싶은 기분이었지만 석주는 애써 스스로를 다독였다. 그러나 학재는 돌아가면서도 부탁한다는 말을 잊지 않았다.

학재는 벌써 십여 년 가까이 가야금 교실을 열고 있었다. 대학에서 강의를 한다는, 유난히 인중이 길던 강사를 석주도 본 적이 있다. 그때도 대학강사를 데려오는 학재의 수완에 적이 놀랐던 기억이 있다. 학재는 수강생들에게서 받는 회비야 얼마 되지 않지만 가야금을 널리 알리고 보급하는 데 의의가 있고 보람을 느낀다고 했다. 뿐만 아니라 수강생이 늘면서 덩달아 가야금 주문도 많아지니, 아주 만족하다는 말도 했다. 학재의 말을 들었을 때 장인(匠人)이 만들기만 하면 됐지 가르치는 것까지야 관여할 바가 아니지 않은가, 하는 생각이 들었지만 입 밖으로 내비치지는 않았다. 하긴, 누군가 반드시 해야 할 일이기는 했다. 석주에게도 한 달에 한 번만이라도 와서 봐 달라는 부탁을 했지만 단번에 거절했다.

속내야 어떻든 학재는 자주 석주를 불러들였다. 봄이면 복분자 술이 잘 익었다 하여, 가을에는 머루주가 달다 하여 불렀다. 번번이는 아니었지만 석주도 마음이 울적할 때엔 못 이기는 듯 달려갔다. 간혹은 학재와 밤을 새우기도 했다. 지나가 버린 시절과 아직도 이루지 못한 무언가에 대한 애달픔으로 권커니 잣거니 하다 보면 어느새 날이 뿌옇게 밝아 왔다.

정해진 순서처럼 먼저 취하는 쪽은 언제나 학재였다. 석주는 천천히 마시는 데 비해 학재는 마치 쏟아붓듯이 급하게 마시는 탓이었다. 학재가 취중에 뱉어 내는 말들도 판에 박은 듯했다. 거리에 버려진 자신을 받아 준 아버지와 석주에 대한 고마움과 또한 그만큼의 서운함. 그리고 이제는 영원히 갚을 수 없게 되어 버린 마음의 빚에 대해. 학재가 그런 말을 할 때마다 석주는 대답할 말을 잃었다. 그로 인해 석주가 얼마나 많은 가슴앓이를 했는지 정녕 모르고 하는 말일까 싶어서였다.

석주 아버지의 파안대소가 창호지 문을 뚫고 문지방을 넘어 온 적이 있었다. 궁금해진 석주가 문을 열어 보니 아버지의 손에 가야금이 쥐어져 있었다. 석주가 밤을 새워 만든 가야금이었다. 갑작스런 석주의 출현에 처음엔 당황한 듯했지만 학재는 곧바로 평소의 태도를 회복했다. 어떻게 보면 석주가 나타나기를 기다리고 있었던 것 같기도 했다. 웃고 있는 아버지. 음험하고 교활한 눈을 들어 석주를 노려보고 있는 학재. 석주는 갑자기 높은 곳에 올라갔을 때처럼 현기증이 일었다. 학재에게서 늘 느껴지던, 언젠가는 된통 당할지도 모른다는 불안감의 실체를 기어이 보고 만 기분이었다.

그 순간 석주는 학재가 무서웠다. 학재가 파 놓은 함정에 저항 한 번 못 해 보고 빠지고 말았다는 자각은 분노를 넘어 공포에 가까웠다. 그해는 학재가 은진사(寺) 스님의 헤진 장삼 자락을 붙잡고 석주의 집에 온 지 꼭 십 년 만이었다. 그 십 년 동안 석주와 학재는 서로 미움과 원망과 질투와 반목과 애증을 반복했다.

학재가 끼어들지 않았다면 아버지와 좀 더 다정한 부자 사이가 될 수도 있지 않았을까. 석주는 가끔 그런 생각을 했다. 영악했던 학재는 아버지의 관심과 사랑을 차지하기 위해 곧잘 석주를 물구덩이에 밀어 넣었다. 조금만 실수를 해도 쪼르르 달려가 고자질을 했고 작은 잘못을 크게 부풀렸다.

그러나 세상의 이치는 공평한 것인지 석주가 힘들어했던 만큼 학재의 가슴에도 풀어지지 않은 응어리가 있는 것 같았다. 학재는 거나하게 취하기라도 하면 그동안의 마음고생을 토로했다. 그때 아버지 앞에서는 가야금을 좋아한다 했지만 정작 자신은 그 반대였다고 고백했다. 하긴, 평생 가야금과 더불어 살겠다고 결심하기에는 그때의 학재가 너무 어린 나이였는지 모르겠다. 그러나 이미 부모에게 버림을 받았던 학재로서는 또다시 버림받고 싶지 않았을 것이다. 살아남아야 한다는 본능적 욕구가 어린 학재를 나이 보다 훨씬 조숙하고 영악하게 만들었을 터였다.

꽃이 진 능소화나무가 서 있는 전시실 옆에, 누군가를 기다리고 있는 것처럼 통나무 의자가 놓여 있다. 무료함을 달래 볼 요량으로 만든 의자였다. 학재를 따라왔던 여학생이 예쁘다고 어찌나 탄복을 하는지, 하나 만들어 주겠다고 약속은 해 놓고 틈이 나지 않아 아직 시작도 못하고 있다. 무연히 밖을 바라보고 있던 석주는 화들짝 놀라 축담으로 내려섰다. 전시실에 비가 샜을 수도 있었다. 작년 장마통에 비가 샌 걸 임시방편으로 천막을 씌워 놓고 여태 보수를 하지 못했던 것이다.

새로 지붕을 해야지 해야지 하며 미루다 결국 해를 넘겨 버리고 말았다. 혹여 또 비가 새면 큰일이었다. 마음이 급한 나머지 고무신에 가득 찬 빗물을 쏟지도 않고 발을 푹 집어넣었다. 바닷물에 잠긴 것처럼 선득한 느낌이 발바닥에 느껴졌다. 다행히 비는 새지 않았다.

원래 있던 본채는 작업장과 잠자리로 쓰고, 전시실은 허물어진 아래채를 밀어 버린 터에 새로 지은 건물이었다. 말이 새 건물이지, 흙벽돌을 쌓아 만들어 비나 대충 가릴 정도의 방이었다. 석주는 어젯밤 만지다 뉘어 놓은 가야금을 조심스럽게 들어 안았다. 정숙한 여인의 머릿단 같은 붉은 부들이 탐스러웠다. 어머니가 목을 매달았던 오동을 찍어 만든 가야금. 아버지가 남긴 마지막 금이었다.

'나무도 아픔을 알아야 제대로 된 소리가 나온다. 그런데 어찌해야 나무에게 아픔을 알게 할 수 있을까.'

아버지가 그런 말을 할 때마다 누군가에게 한을 남기는 제물이 되라고 요구하는 것 같아 석주는 가슴이 섬뜩했다. 어머니의 주검을 발견했을 때 석주는 아버지의 그릇된 욕심이 어머니를 죽게 했다는 생각을 떨칠 수 없었다. 그러나 아버지는 마치 어머니의 죽음을 예견하고 있었다는 듯 놀라지도 않았다.

아버지가 생전에 만든 가야금은 아주 소량에 불과했다. 그런데도 돌아가시는 날까지 그것들조차 세상에 남겨 두고 싶어하지 않았다. 가야금에 대한 지나치게 엄격하고 단호한 아버지의 고집을 어린 시절의 석주는 괴팍하다고밖에 볼 수 없었다. 나무를 비바람에 삭이는 것부터 시작해서 공명통을 만들고 현침을 하고 양이두를 붙이고 동백기름으로 마무리를 하여 현을 매고 안족을 끼우는, 이백여 가지에 이르는 공정을 반드시 자신의 손으로 작업했다.

그 많은 공정 중에 하나만 틀어져도 소리가 달라진다며 아버지는 모든 순서마다 혼신의 정성을 기울였다. 지나칠 정도로 꼼꼼하고 까다로운 아버지의 일 버릇은 때로 석주를 질리게도 했지만 이제는 알 것 같았다. 아무리 마셔도 해갈되지 않는 바닷물의 짠맛처럼 가야금 만드는 작업은 석주에게도 끝없는 고통과 희열을 동시에 안겨 주었다. 가슴에 안긴 가야금에서 아버지의 체온 같은 온기가 느껴졌다.

석주는 생전 처음 가야금을 만져 보는 것처럼 조심스레 현을

퉁겨 보았다. 방안을 가득 채운 맑고 투명한 소리를 타고 정령처럼 아버지의 목소리가 들려왔다.

'금도 사람과 같아 좋은 환경에서 만들어져야 좋은 소리를 낼 수 있다. 그 이치는 당연히 좋은 재료다. 재료에 따라 소리가 결정되니까. 오동나무를 쓰는데 이 나무가 아주 무른 탓에 손톱으로 눌러도 금방 자국이 나지. 그런데 비탈진 산에서 옹이지게 자란 석상오동은 달라. 두드려 보면 딱딱 소리가 나는 것이 다른 나무보다 열 배 이상 단단하지. 온도와 습도가 맞아야 하는 것도 필수다. 너무 더우면 줄이 터지고 너무 습하면 줄이 처진다. 무릇 거센 폭풍우와 장맛비, 한여름의 태양을 이겨 내야 비로소 사람의 심금을 울리는 소리로 거듭나게 된다. 만드는 사람이 애정을 가지고 성심을 다해야 함은 물론이다.'

가야금에 관한 한, 아버지는 숨을 거두는 순간까지 무섭도록 철저했다. 새끼를 공중에서 던져 버리는 어미 독수리의 단호함과도 같이 가야금 만드는 일을 가르칠 때의 아버지는 냉혹할 정도로 엄격했다.

설명을 미처 이해하지 못한 석주가 두 눈을 멀뚱히 뜨고 있어도 언젠가는 돌아올 탕자를 기다리듯 아버지는 지치지도 멈추지도 않았다. 석주는 잠결에도 멈추지 않는 아버지의 가야금 소리를 들으면서 뼈가 자라고 살이 붙으며 어른이 되었다.

그랬던 아버지가 어느 날 연기처럼 사라졌다. 석주가 이틀 동안 집을 비운 사이에 아버지는 홀로 숨을 거두었다. 거의 매일밤을 기침 때문에 잠을 설쳐도 이토록 빨리 죽음이 데려갈 줄은 몰랐다. 그러고 보면 아버지는 자신의 죽음을 예감했기에 그토록 집요하리만치 끈질기게 가야금을 알게 하려 했을까.

백일 상을 치른 다음 날부터 석주는 눈물이 묻은 얼굴로 작업장에 틀어박혔다. 아버지의 작업을 보잘것없는 일이라며 폄하하고 비난했던 철없던 지난날에 대한 회한으로 가슴을 뜯었다. 잠자는 것도 잊어버린 채, 하루에 한 끼의 끼니조차 제대로 챙기지 않았다. 뒤늦은 후회와 자책이 면죄부가 될 수는 없었으나 그렇게라도 하지 않으면 머리를 들고 하늘을 볼 수 없을 것 같았다.

언제까지 곁에 있어 줄 줄 알고 태평스러웠던 석주와는 달리 아버지는 오래전부터 자신의 죽음을 준비하고 있었던 듯했다. 작업장에는 아버지의 손때가 묻은 연장과 아직 줄을 꿰지 못한 가야금이 버림받은 여인처럼 누워 있었다. 가야금을 일으키자 석주에게 남긴 편지가 있었다. 유서 같은 편지에는 가야금의 역사와 공정 과정이 상세하게 기록되어 있었다. 침을 묻혀 가며 썼을 촘촘한 글씨 옆에 정교한 그림도 그려져 있었다. 각 부위의 명칭은 물론, 만들 때의 주의사항도 잊지 않았다. 낯선 거리를 헤매다 이정표를 발견했을 때처럼 석주는 아버지의 뜻이 무엇인지 선명하게 깨달아졌다.

　석주는 미완성으로 남아 있는 가야금에 줄을 꿰며 다짐했다. 설사 목숨을 버려야 하는 일이 생기더라도 아버지의 유업을 받들겠다고. 아니, 그 순간부터 가야금은 아버지의 뜻이 아니라 석주 자신의 소명이 되었다. 작업장을 나왔을 때, 햇볕을 쬐지 못한 석주의 얼굴은 병자처럼 창백했지만 가슴은 장작불을 지핀 것만큼이나 뜨거워져 있었다.

　나를 도와주겠지. 석주는 오동나무에게 다짐하듯 중얼거렸다. 그러다 흠칫 놀라고 말았다. 어느새 아버지의 말투를 닮아 있었다.

　그날 아침의 일을 석주는 아직도 생생하게 기억한다. 추운 겨울이었음에도 불구하고 아버지는 개울의 얼음을 깨고 몸을 씻었다. 상복 같은 흰옷으로 갈아입고 단정하게 머리를 빗은 다음에는 제상을 차려놓은 오동나무 앞에 절을 했다. 석주는 속으로 어머니, 하고 불러 보았다. 석주는 견딜 수 없이 어머니가 보고 싶으면 마당가의 우물을 들여다보았다. 어두운 우물 속을 들여다보고 있으면 희미하게 웃고 있는 어머니의 모습이 보였다. 가까이 가고 싶어 애가 탄 석주가 발을 동동 구르면 어머니는 다가오지 말라는 듯 팔을 휘휘 내저었다. 그런 날에는 밤새 어머니 꿈을 꾸었다. 꿈속의 어머니는 갓 시집온 꽃각시였다가 금방 혀를 길게 빼문 무서운 모습으로 변하기도 했다.

아버지도 어머니를 생각하고 있는지 작은 행동 하나도 엄숙하고 경건했다. 그런 아버지를 바라보고 있는 석주는 두려움과 긴장 때문에 숨이 막혔다.

절을 하고 난 아버지는 마치 사모하던 정인을 대하듯 두 팔을 벌려 오동나무를 끌어안았다. 그리고는 나직이 누군가를 타이르는 말투로 속삭였다.

'너를 믿으마. 그러니 너도 나를 믿어다오. 네 몸을 바쳐 세상에 없는 소리통이 만들어진다면 너 또한 영광스럽지 않겠느냐.'

아버지의 말을 들으며 석주는 어머니를 생각했다.

아버지가 들고 있는 도끼에서 햇빛에 반사된 빛이 사금처럼 반짝였다. 조금 뒤에 아버지는 높이 쳐든 도끼로 오동나무를 찍어 눌렀다. 그때 아버지가 나무를 치며 흘리던 눈물이 석주의 마음까지 적셔 놓았던 것은 아무도 알지 못했을 터였다. 아버지의 눈물은 오랜 세월 동안 붉은 도장 자국처럼 석주의 머릿속에 남아 있었다. 아버지가 흘린 눈물의 의미는 무엇이었을까. 혹 가슴속에 들끓는 열망이 타면서 쏟아 낸 연기였을까. 아니면 단단하게 뭉쳐진 한이 녹아내린 물줄기였나. 어머니를 향한 통한의 비명이었을 수도 있을 것이다.

'이제 너를 베어도 되겠느냐.'

석주는 나무를 바라보며 생각했지만 입 밖으로 내뱉지는 않았다.

아무리 마음을 바꾸어 보려 해도 학재의 청을 들어줄 수는 없었다. 자신이 만든 가야금을 학재의 이름으로 둔갑시킬 수도 없거니와, 더욱이 집에 있는 나무는 마음이 허락하지 않았다. 미싯가루 한 사발로 식사를 대신한 석주는 서둘러 버스 정류장으로 향했다. 평소에야 무거운 짐이 있을 때 말고는 웬만한 거리는 걸어 다녔지만, 비를 맞고 걷기엔 번거로울 것 같았다. 창가에 자리를 잡자 곧바로 두 눈을 감고 잠을 청했다. 그러나 출발과 동시에 흘러나오는 라디오 소리에 금방 눈을 뜨고 말았다.

차 안에는 성글게 자리를 차지하고 앉은 사람이 예닐곱 명밖에 되지 않았다. 너도나도 자가용을 타고 다니니 조만간 버스도 사라지지 않을까 싶었다.

정류소를 벗어나 조금 지나자 단내음과 함께 배 밭이 나왔다. 노르스름하게 익은 전구 같은 배가 주렁주렁 매달려 있었다. 군복 색깔의 비옷을 입은 아낙은 바구니가 무거운지 만삭의 임산부처럼 배를 쑥 내밀고 걸어가고 있었다. 멀리서 보기에도 남편인 듯싶은 남자가 잰걸음으로 달려가 바구니를 받았다. 아름다운 광경이었다. 순간, 그린 듯 눈썹이 고운 여인의 실루엣이 석주의 머리를 스쳤다. 이제는 어디서 어떻게 살고 있는지조차 알 수 없는 사람이었다. 절대 아버지처럼 살지 않겠다고 다짐했지만 결국엔 사랑하는 여자를 보내는 것까지 닮고 말았다.

학재의 집에 다다랐을 때까지도 빗줄기는 여전했다. 마당으로 성큼 들어서며 학재를 불렀다. 그러나 안에서는 아무 소리도 없었다. 현관문이 열려 있는 걸 보니 먼 데 가지는 않은 모양이었다. 석주는 마루 끝에 엉덩이를 걸치고 앉았다. 제집 안에서 졸린 눈을 하고 누워 있던 개가 단잠을 깨운 것이 못마땅하다는 듯 부르르 몸을 떨며 일어났다. 학재가 가까운 지인에게 얻어 와 한 식구가 된 개는 주인을 닮아 먹성이 좋은 탓에 몸피와 얼굴이 갈수록 넉넉해지고 있었다.

"들어가지 않고 왜 여기서 이러고 있어?"

학재가 대문을 들어서며 석주를 불렀다. 전화도 없이 불쑥 찾아왔는데도 학재는 기다리던 손님이 온 것처럼 반가워했다. 석주는 막상 학재의 밝은 얼굴을 대하자 거절할 일이 마음에 걸려 착잡했다. 야속해하겠지만 어쩔 수 없는 일이었다. 학재는 목욕을 했는지 얼굴과 목덜미가 발그레했다. 그러고 보니 어깨까지 내려온 머리카락도 젖어 있었다.

"비오는 날 뜨거운 물에 멱이라도 감았나?"

석주가 묻자 학재는 기분이 좋은지 웃으며 농지거리를 했다.

"아랫도리가 스멀거려서 도저히 견딜 수가 있어야 말이지. 그
래서 열탕에 좀 지졌지."

학재 역시 아직 미혼이었다. 불혹을 넘기고 이제 곧 쉰이었다.
학재가 농담 삼아 뱉은 말이었지만 왠지 헛말로만 들리지 않았
다. 그의 말대로 살다 보면 사람이 어디 꼭 아랫도리만 스멀거리
겠는가. 가슴도 머리도, 나중에는 마음까지 주체 못할 정도로 스
멀거릴 때가 있는 것을.

"하여튼 입은 살아가지고. 어째 나이를 먹어도 느물거리는 버
릇은 변하지 않누."

모처럼 학재가 농담을 한 탓인지 석주도 조금 전의 가라앉았
던 기분이 풀리는 것 같았다.

"그건 그렇고, 저것들은 어디서 구했는가."

여기저기 널려 있는 나무들을 가리키며 석주가 물었다. 대문
에서부터 담을 끼고 제재(製材)한 오동나무들이 세워져 있었다.
색깔이 아직 맑은 것을 보니 내놓은 지 얼마 되지 않은 듯했다.
재목으로 쓰이기까지는 한동안 모진 비바람을 견뎌 내야 하리
라. 결국엔 저것들에게도 약한 것은 썩어 버려지고 강한 것만 살
아남는 세상의 이치가 적용된다고 생각하니 잠시 마음이 숙연
해졌다.

"지난 가을에 지리산 쪽을 훑어서 구해 왔지. 요새는 나무도

예전같이 직접 구하러 다니는 사람이 드물다는군. 중간 상인들이 집에까지 배달을 해 준다니까. 자네 아버님, 아니 스승님이라면 어림도 없었겠지. 살아 계셨다면 가당키나 했겠나."

학재의 말에 석주가 멀리 산 능선으로 시선을 돌렸다.

석주 아버지가 나무를 고르는 방법은 무척 까다로웠다. 반드시 자신의 눈과 손으로 만져 보고 두드려 보고 확인했다. 그렇게 골라온 나무들 중에서도 정작 가야금을 만드는 데 쓰이는 재목은 절반 정도에도 미치지 못했다. 그런 아버지를 두고 주위에서는 지나치게 까탈을 부린다고 흉을 봤지만, 절대로 고집을 꺾지 않았다.

어느 해이던가. 유난히 눈이 많이 왔던 해였는데 석주가 아무리 만류해도 부득부득 나무를 구하러 아버지는 지리산으로 들어갔다. 산으로 가기 한 달 전, 아버지는 그동안 만들어 두었던 가야금 석 대를 망치로 때려 부수었다. 제 소리가 나지 않는다며 몇 날 며칠을 술에 절어 지낸 끝이었다. 아무도 그의 결행을 막을 수 없었다. 그저 무사히 돌아오기를 기원할 뿐.

그러나 떠날 때의 희망과는 달리 아버지의 마음에 드는 나무는 쉽게 구해지지 않았다. 단단한가 하면 굽어 있고 곧다 싶으면 너무 가늘었다. 그렇게 눈 덮인 산속을 헤매던 아버지는 추위와 허기를 이기지 못해 쓰러지고 말았다. 눈 속에 파묻힌 석주 아버지를 구해 준 사람은 산 아랫마을에 사는 사냥꾼이었다.

집으로 돌아와 자리보전을 하고 누운 아버지는 죽은 듯이 잠만 잤다. 석주는 매일 아버지 곁에서 하마 눈을 뜰까 지켜보며 가슴을 졸였다. 터널보다 어둡고 긴 겨울이 지나고 철쭉이 피었을 때에야 아버지는 자리를 털고 일어났다. 그러나 병석에서 일어난 아버지는 왼 다리가 없었다. 눈 속에 파묻힌 사흘 동안에 얻은 심한 동상 탓에 다리 하나를 내줄 수밖에 없었던 것이다.

아버지는 돌아가실 때까지 한쪽 다리로 살았다. 그런데도 그는 한 번도 잃어버린 한쪽 다리에 대해 마음 아파하지 않았다. 그보다는 눈 속에 쓰러진 탓에 가져오지 못했던 석상 오동나무를 두고두고 아쉬워했다.

방으로 들자 황토 냄새가 훅 끼쳤다. 구멍 난 밀짚모자를 씌워 놓은 백열등이 손님을 반기듯 가볍게 흔들거렸다. 석주가 자리에 앉기도 전에 학재가 찻물을 올렸다. 사기 주전자에서 금방 더운 김이 솟았다.

"곡우 전에 딴 햇찬데, 우선 목을 축이게. 술은 좀 있다 하고."

학재는 집 뒤의 채마밭에 차나무를 키우고 있었다. 학재가 부어 주는 찻잔을 들며 방 안을 휘이 돌아보았다. 벽에 기대 놓은 가야금이 너댓 대 되었다.

"으음 저거, 이번에 들어온 수강생들이 주문한 거야. 입소문을 듣고 찾아와서는 자리가 찼다는데도 자꾸 넣어 달라고 해서 말이야."

"자네는 금을 마치 공장에서 찍어내듯 하나 보이."

"마침 손질해 놓은 재목이 있어서 급하게 작업을 했지."

석주의 가시 돋친 말에 비해 의외로 학재의 대답이 부드러웠다. 그러나 석주는 학재가 거짓말을 하고 있다는 생각을 지울 수 없었다. 학재가 지역의 방송이나 신문에 기를 쓰고 얼굴을 내미는 속셈이 가야금 수업을 광고하기 위해서라는 것쯤은 누구나 다 아는 사실이었다. 물론 자신은 아니라고 펄쩍 뛰었지만 학재가 딴청을 부릴수록 오히려 자신의 속내를 확인시켜 주는 결과에 지나지 않았다.

"그건 그렇고, 내가 부탁했던 것 말일세. 생각 좀, 해 봤나?"

"실은 나도 그것 때문에 왔어. 아무리 생각해도 말한 대로야. 나는 자신이 없네."

그러나 학재도 순순히 물러서지 않았다.

"겸손이 지나치구만. 너무 뻗대지 말고 내 청을 좀 들어 줘. 여기 일에다 문화센터까지 나가야 하니 작업할 틈이 나야 말이지. 그렇다고 아직 배우는 아이들에게 맡길 수도 없고. 그리고 무엇보다 재목이 없어서 그래."

거절을 하는데도 막무가내로 부탁한다는 말만 되풀이하는 학재에게 속으로 짜증이 났다. 어릴 때부터 그랬다. 학재는 어떤 일이든지 한 번 마음먹으면 끝장을 봐야 했다. 석주가 이걸 할까 하고 있으면 저걸 하고 있고, 저걸 할까 생각하는 사이 벌써 저만치 앞서 가고 있었다. 학재는 망설이거나 주저함이 없었으며 또한 후회 따위는 절대 하는 법이 없었다. 모든 일에 신중하다 못해 겁쟁이로 보이기까지 하는 석주에 비해 학재의 성격은 호방하고 도전적이었으며 배짱이 있었다. 그런 만큼 다분히 상대방을 힘들게 하는 면도 있었다.

석주가 입을 다물고 있자 학재가 슬그머니 나가서 더덕주를 들고 왔다. 술이 든 호리병에 가야금을 안고 있는 여인이 그려져 있었다. 학재가 부어주는 대로 석주는 연거푸 석 잔을 마셨다. 학재와 석주는 한동안 술잔만 기울였다.

"가야금을 배우겠다는 사람이 의외로 많은가 보군."

그럴 의도가 없었는데 말을 해 놓고 보니 비아냥거리는 투가 되고 말았다. 그러나 학재는 기분이 상한 것 같지는 않았다. 그보다는 이참에 아예 석주를 바꾸어 놓겠다는 듯이 훈계조로 늘어놓기 시작했다.

"이 사람아, 시대가 변했어. 세상이 변했다 이 말일세. 도대체 언제까지 자네 혼자 독불장군같이 고집을 부릴 텐가. 내가 누차 말하지만 세상은 이미 달라졌어. 그리고 가야금만 해도 그래. 악

기는 내가 만들어 내가 놀 것이 아니면 누군가 사용할 사람이
있어야 하는 게 아니겠나. 당연히 만든 다음에는 판매를 해서 가
치 창출을 해야 하고. 바이올린이나 첼로 같은 서양악기들과 협
연을 하기 위해서 이십오 연금을 만드는 것도 같은 맥락이 아니
겠나. 자네는 나를 못마땅해하지만 이것은 시대적인 요청이야.
음악도 하루가 다르게 변해 가고 있어."

"아무리 세상이 변해도 절대 변해서는 안 되는 것도 있는 법이
지."

"그게 무슨 뜻이야. 지금 나보고 하는 소리야?"

학재가 발끈했다.

"아니면, 지금 자네가 하고 다니는 꼬락서니를 어떻게 해석해
야 하나."

"그건 또 무슨 말이야. 내가 하고 다니는 일이 어떤 것이길래.
나는 그저 가야금이 좋아서 하고 있을 뿐이야."

"아버지의 수제자라는 이름을 걸고서 말이지."

결국 석주의 마음속에 있던 말이 불쑥 튀어나오고 말았다.

"짐작하고 있었지만 자네의 본심을 이제야 확실히 알게 되었
군. 내가 스승님의 제자라고 하는 것이 그렇게 거슬리는가. 내가
자네라면 오히려 고마워할 것 같은데."

"고마워하라……. 이럴 때 내가 무슨 말을 해야 하나. 아버지

가 살아 계시다면 물어보고 싶군. 내 생각에는 아버지도 별로 좋아하지 않을 것 같은데. 어때, 만약 누군가가 자네의 이름을 온 동네에 팔아먹는다면 좋을 것 같은가. 그것도 사실이 아닌데 말이야."

"뭐라 하든 나는 십오 년 동안 스승님 밑에 있었어."

"물론 그랬지. 그러나 자네는 중도에 가야금과 아버지를 뿌리치고 떠났어. 그리고 오랫동안 가야금과는 상관없이 살아왔잖아. 그래놓고 아버지의 제자라며 이름을 팔고 있어. 부끄럽지 않은가?"

"내가 스승님을 떠난 건 자네 때문이었어. 거듭 말하지만 처음엔 나도 노력하면 스승님의 제자가 될 수 있다고 생각했지. 그러나 시간이 흐를수록 그건 나 혼자만의 희망일 뿐이라는 걸 깨달았어. 그래서 떠난 거야. 그리고 이렇게 나를 몰아붙인다면, 자네도 한때지만 스승님을 떠난 적이 있지 않은가?"

"이제 와서 그런 궤변이 통한다고 생각하나. 그건 철없던 잠깐이었어. 그리고 곧바로 나는 잘못을 깨닫고 돌아왔어. 자네는 자신의 실력이 부족하다는 생각은 해 보지 않았겠지. 아버지는 무섭도록 공정하신 분이었어. 결코 내가 당신의 아들이라고 나은 대우를 해 준 적이 없으셨어. 그건 내가 굳이 말하지 않아도 자네가 더 잘 알고 있을 테지."

"결국 내가 실력이 모자라서 도망쳤다고 말하고 싶은가 보군."

"아무리 억지를 부려도 학재 자네는 가야금과 아버지를 배신했던 거야. 어떻게 보면 끝이 보이지 않는 가야금에 실망하고 다른 길을 찾았던 거겠지. 당시엔 심한 배신감을 느꼈지만 한편으론 이해할 수 있었어. 그러나 아버지의 제자라고 떠벌리고 다니는 일만은 정말 용납할 수가 없네."

석주가 기어이 치솟는 감정을 누르지 못하고 학재의 얼굴에 술잔을 던졌다. 미처 피할 사이도 없이 술 세례를 받은 학재의 표정이 종잇장처럼 구겨졌다. 험악하게 일그러진 학재의 얼굴을 쳐다보지도 않고 다시는 학재와 마주하는 일이 없을 거라 소리치며 석주가 자리에서 일어났다. 분을 참느라 학재의 얼굴이 핏물을 들이부은 것처럼 시뻘게졌다. 대문을 나서는 석주의 등에 대고 학재가 그까짓 나무가 뭐 그리 대수냐며 분을 내 소리쳤다.

학재의 집을 빠져나온 석주는 분풀이를 하듯 땅을 툭툭 차가며 내처 걸었다. 밤이 꽤 깊어 있었다. 바삐 걷는데도 빗물에 젖은 흙덩이가 신발에 자꾸 달라붙어 걸음이 더뎌졌다. 버스 정류소 앞에는 막차를 타려는 손님들이 피곤한 얼굴로 서 있었다. 노숙자로 보이는 오십 대의 남자 한 명이 정류소 한 켠의 공터에 종이 박스를 깔고 자고 있었다. 옆을 지나는 사람들이 코를 싸

매며 눈살을 찌푸렸다.

석주는 학재가 했던 말을 곰곰이 짚어 봤다. 가야금을 만들어 달라는 부탁은 할 수도 있다 싶었다. 네가 나보다 더 낫지 않냐고 어깃장을 놓은 것은 너그럽지 못한 옹졸한 태도였다는 자책도 들었다. 그러나 아버지의 이름을 더럽히는 행위만은 용서되지 않았다.

아버지라면 이럴 때 어떻게 했을까. 그러나 금방 고개를 저었다. 아버지도 틀림없이 자신처럼 거절했을 것이라는 확신이 들었다. 그런 한편으론 무슨 연유인지 학재의 말들이 맞을지도 모른다는 자조적인 기분이 되었다. 지금이 어느 때인데 전통이니 정악이니 하는 케케묵은 것들을 따지고 있단 말인가. 시쳇말로 그것들이 밥을 먹여 주는 것도 아닌데 말이다. 어쩌면 나야말로 시대와 조류에 뒤떨어진 무지한 고집불통이 아닐까. 그러다 시대적인 요청이라는 학재의 말이 떠올라 석주는 혼자 허허 웃고 말았다.

차들이 경쟁하듯 속력을 내며 성급하게 달려갔다. 아직은 그런대로 시골 모습을 유지하고 있었지만 이곳도 그리 오래가지는 못할 것 같았다. 하기야 학재의 집 바로 앞에도 이미 5층 짜리 상가 건물이 들어서 있었다. 낮에도 불이 켜진 붉고 푸른 색깔의 네온 간판들은 거의가 식당 아니면 노래방이나 주점들이었다. 이른바 먹고 마시고 흔드는 장사들만 성업 중인 것 같았다. 이런 아수라장 같은 세상의 한편으로는 옛것을 더 찾는다니 무슨 조화인지 모를 일이었다. 피자와 콜라에 물린 아이들이 별미로 강냉이나 보리떡을 찾는 것에 비유할 수 있을까. 석주는 알 것 같기도, 모를 것 같기도 했다.

집으로 돌아온 석주는 작업실로 들어갔다. 톱, 대패, 칼 따위의 도구들이 먼지를 뽀얗게 뒤집어쓰고 놓여 있었다. 마치 어미한테 야단을 맞고 의기소침해 있는 아이를 보는 것 같아 마음이 짠했다. 너무 오랫동안 저것들을 팽개쳐 두었구나 싶자 생명 없는 기구라 할지라도 미안했다. 연장들 속에는 간혹 학재가 쓰던 것들도 섞여 있었다.

학재가 집을 나가고부터 헤어진 두 사람은 각자의 방식대로 살았다. 학재는 가야금을 떠나서, 석주는 가야금 곁에서. 그렇게 흐르는 세월만큼 가슴에 담았던 쓰린 기억들도 잊혀 갔다. 서로의 소식은 가끔 풍문으로 들었다. 그러다 석주는 우연히 지역신문에 난 학재의 사진을 보았다. 우헌 선생의 수제자로 우리 전통 악기인 가야금 제작의 맥을 올곧게 이어 간다는 기사와 함께였다.

그 후로도 석주는 학재에 대한 기사를 종종 볼 수 있었다. 대

중의 눈과 귀를 모으는 기사를 접할 때마다 석주의 심정은 복잡했다. 시기나 질투는 아니었다. 어떻게 설명할 수 있을까. 아직 걸음마가 서투른 아이가 뜀박질을 하는 모습을 볼 때 느끼는 위태로움이랄까. 아니면 어설픈 무사에게 벼린 칼을 쥐어 준 것에 비견될 수도 있었다. 그러나 석주의 생각이 어떻든, 학재는 바쁘게 살아가는 모습이었다.

석주와 학재는 더는 서로를 모른 척할 수 없게 되었을 때가 되어서야 다시 만났다. 잃어버린 혈육을 찾은 것만큼이나 반갑기도 했지만 또한 서로에 대한 불신이 앙금처럼 남아 있음을 확인할 수밖에 없었다.

석주는 아무렇게나 흩어져 있는 연장 중에서 이가 크고 날카로운 톱을 집어 들었다. 톱을 쥔 팔에 솟구치는 불길처럼 굵은 힘줄이 세차게 꿈틀거렸다. 석주는 탕하고 소리가 나도록 문을 차고 나갔다. 그리고 성큼성큼 오동나무 곁으로 걸어갔다. 나무 앞에 이르자 말을 걸 듯 두 팔로 가지를 흔들었다. 이파리에 매달려 있던 빗방울들이 눈물처럼 후드득 떨어졌다.

'좋은 소리는 사람의 마음을 흥분시키지 않고 편안하고 안정되게 해 준다.'

언뜻 추운 겨울날 도끼자루를 잡고 중얼거리던 아버지의 모습이 환영처럼 나타났다 사라졌다. 이제야 비로소 아버지의 금을

흉내나마 낼 수 있을 것 같았다. 석주는 빗물이 다 떨어지기를
기다린 끝에 나무의 밑동에 톱을 갖다 댔다.

해설

비상(悲傷)의 글쓰기를 넘는 모험

김경연(부산대교수·문학평론가)

아마도 여성-되기는 다른 모든 생성들에 대해
특히 서론격인 힘을 소유하고 있으리라,
마법사가 여성이기 때문이 아니라
여성-되기를 통과하는 것이 마법이기 때문이다.
―질 들뢰즈/펠릭스 가타리

1.

생애 첫 소설을 쓰던 한 여자가 있다. 재능으로 충만한 천재도 아니고 돈도 시간도 여유도 부실하기 그지없던 그녀는 생활의 잡다한 소음이 뒤엉긴 침실 겸 거실에 앉아 첫 번째 소설을 탈고 한다. 여자의 이름은 메리 카마이클. 허나 그 이름은 여성이라는 내림받은 운명과 박투하며 읽고 쓰고 문학 하던 모든 여자들의 공동명(共同名)이리라. '생의 모험'이란 도발적 표제를 달고 나온, 이 가난하고 위험한 여자/들의 첫 픽션은 누대로 묵은 여성의 분노와 절망에 휘둘려 수시로 허구와 실재, 인물과 자기의 경계가 무너지곤 한다.

『생의 모험』을 읽던 여자/버지니아 울프는 이들 모든 무명의 메리 카마이클에게 자기만의 방과 연간 오백 파운드의 돈, 그리고 백 년의 시간을 더 주자고 호소한다. 그리된다면 미래의 카마이클 혹은 도래할 여성작가들은 여성으로, 그러나 여성이라는 사실을 잊은 여성이 되어, 마침내 여성을 온전히 쓰는 일이 가능하리라 확신한다. 그러니 주춤거리거나 망설이지 말라고, 비록 장벽 너머에 또 장벽이 있다 하더라도 다만 새처럼 가볍게 뛰어넘는 것만을 생각하라고, 그리할 수 있다면 세습된 여성의 가난을 더 이상 답습하지 않을 여성작가의 탄생은 얼마든지 가능하며, 이 새로운 여성/작가의 잉태를 위해 자신의 전 생을 거는 모험은 아깝지 않으리라, 버지니아 울프는 단언한다.[1]

십 년 전 김현의 첫 소설집[2]에 실린 「비상」을 읽으며 나는 버지니아 울프가 생의 모험을 감행했던 그 백 년의 의미를 다시, 그러나 꽤 절망적으로 떠올렸던 일을 기억한다. 김현이 그린 지

---

1) 이는 버지니아 울프의 소설 「자기만의 방」(1928)을 참조한 것이다.
2) 김현, 『식탁이 있는 그림』, 전망, 2002.

금, 이곳의 여성작가 '정희'(「비상」), 어쩌면 울프가 도래하기를 간절히 소망했던 백 년 후의 메리 카마이클은 기대와는 달리 자기만의 방도, 홀로 생을 영위할 최소한의 돈도 허락되지 않은 채 익숙한 남루를 감당하며, 가부장을 향한 원한과 살의로 충만한 서사를 쓰고 있었기 때문이다. 백 년의 시간을 분투했으나 정희는 여전히 집이라는 게토 속에 갇혀 있고, 남편과 아이들이 전부인 그녀의 세상은 단조롭고 삭막하기 그지없으며, 정희의 시간은 매양 멈춰 있고, 주인으로 군림하는 남편에게 몸과 마음을 유린당하며, 생과 맞바꿔 그녀가 터득한 진리라곤 "완전한 평안이나 안식 같은 것은 존재하지 않"으며, "완전한 사랑, 완전한 믿음 같은 것은 어리석은 환상일 뿐"(「비상」)이라는 사실. 그토록 위태로운 삶을 견디고 있는 정희에게 소설쓰기란 "어두운 지옥"(「언덕 아래 하얀 집」, 『식탁이 있는 그림』)과 같은 모멸의 생을 버티기 위한 비밀스런 제의나 필사의 수행처럼 보이기도 했다.

화려한 비상(飛上)이 아니라 억압과 분열이 각인된 비상(悲傷)의 글쓰기. 그것은 백 년 전 메리 카마이클의 글쓰기이자 백 년 후 정희의 글쓰기이며, 또한 첫 작품집을 꾸리던 때의 김현의 글쓰기가 아니었을까. 여성의 삶을 강간하는 지아비들 혹은 지아비적인 것들과 페미니즘을 살해하는 패밀리즘의 폭력을 증언하는 글쓰기. 바꾸어 말하면 수다한 메리 카마이클과 정희, 버지니아 울프와 김현 들이 다시 포개지는 지난 백 년의 시간을 심문하는 글쓰기인 것이다. "부피를 잴 수 없는 슬픔"(「비상」)과 분노가 체현된 그 낯익은 여성의 글쓰기는, 백 년 전 그러했듯이 또한 이미-언제나 여성을 넘어 여성/소수자가 되는 낯선 생성의 글쓰기를 원망(願望)하며 예비하는 것일지도 모른다. 『식탁이 있는 그림』 이후 꼭 십 년을 기다려 세상에 내보이는 김현의 소설집 『장미화분』 속에서 우리는 이 열망의 역력한 흔적을 읽는다. 비상(悲傷)의 글쓰기 너머로 이행하는 김현의 글쓰기가 이제 막 우리에게 도착한 것이다.

2.

　가족은 김현의 소설에서 언제나 골 깊은 상처의 진원이며 생이 최초로 찢기는 난장(亂場)이다. 인물들은 마치 미로와도 같은 가족 구조 안에 갇혀 형편없이 삶이 일그러지지만, 가족의 외부로 향하는 길을 좀처럼 찾지도 못한다. 그들은 저마다 닫힌 가족이 유발하는 지독한 폐소공포증을 앓고 있으며, 야멸치게도 이 병증은 그들 각자가 감당해야 할 몫일 뿐, 나누어 고통을 맡으려는 이들도 없다. 환멸과 적대, 기만과 원한이 난삽하게 뒤얽힌 가족 안에서 김현의 인물들은 섬처럼 홀로 겨우 생존하고 있다. 그러니 애정공동체, 행복충전소로서의 가족이란 "식탁이 있는 그림" 속에나 존재할 뿐, 인물들에겐 단 한 번도 실재하지 않은/않을 꿈에 불과하다.

　정상가족의 부재를 폭로하고 가족주의 신화를 해체하려는 김현의 의지는, 그러나 아이러니하게도 그녀의 소설을 대부분 동종의 가족서사로 환원시키는 원인이 되기도 했다. 반가족주의적 상상력을 실현하는 서사 역시 불가피하게 가족서사로 귀납될 수밖에 없기 때문이다. 폭력적 가족구조 밖으로 도주할 출구를 찾지 못하고 홀로 죽거나 자위하듯 소설을 쓰거나 혹은 미해결의 화해에 이르는 인물들처럼, 김현의 소설 역시 가족서사적 상상력 안에서 오래 머물러 있었으며, 그 바깥으로 나아가는 서사적 모험을 유예해 왔는지도 모른다. 이는 가족 내의 최후의 식민지로서 착취당하는 여성의 삶을 작가가 공들여 천착하려 한 연유일 수도 있을 것이다. 그러나 『장미화분』에 와서 이러한 김현의 소설에는 분명한 변화가 감지된다. 여성의 삶을 응시하던 시선은 허다하게 유린당하는 주변부 소수자들로 그 시야를 확장하며, 가부장 중심의 권위적 가족구조를 겨냥하던 반항의 힘은 폭력을 행사하는 갖가지 불순한 권력 전체로 그 과녁을 넓히는 것이다.

　변태(變態)의 과정 중에 있는 김현의 소설은 가족주의의 비틀리고 비루한 이면을 바라보는 시선 역시 한층 더 신랄하고 냉철해지는데, 여기에는 상실한 원상(原狀)으로서의 가족을 회복하려는 한 줌의 판타지도 틈입할 여지가 없어 보인다. 「타인들의 대화」는 이러한 징후 내지 작가의 의지를 여실히 보여주는 작품이다. 기억도 생명도 사위어가는 어머니를 두고 세 딸과 아들이 벌이는 전쟁 같은 갈등을 그린 「타인들의 대화」에서 가족은 오직 이해와 득실에 따라 그 외양만이 도구적으로 유지될 뿐이며, 구성원들은 각각 고립된 장 안에 칩거해 자폐적 자기서사만을 완강히 구축하고 있다. 혈연으로 엮인 이 불통하는 타인들의 말은 결코 서로에 가닿지 못하며, 그러니 대화 아닌 독백만이 서사를 공허하게 채우고 있는 상황이다. 피가 물보다 진하다는 혈연의 신화를 더 이상 믿지 않는 김현은 무너진 가족의 균열을 어설피 봉합하거나 대단원의 화해를 시도하지도 않는다. 참담한 가족의 현실을 적나라하게 대면하고 사실로 수리하지 않는다면 전혀 이질적인 배치의 가족, 혹은 폐쇄적인 가족구조 너머의 새로운 관계/연대의 구성은 불가능하기 때문이다. 『장미화분』을 통해서 조우하게 되는 김현의 가족서사가 이전과는 뚜렷하게 다른 양상을 보이는 것도 이런 연유일 것이다. 형해화(形骸化)된 가족을 현상하는 우울한 음화(陰畵)에 머물지 않고, 이제 김현의 가족서사는 혈연적 가족주의에 긴박되거나 헌신하지 않는 낯선 가족/연대의 생성을 상상한다. 「장미화분」이나 「숨비소리」를 통해서 우리는 이 희망적 전언을 읽어낼 수 있다.

가족주의에 볼모 잡힌 중산층 여성들을 초점화하던 김현은 「장미화분」이나 「숨비소리」에 와서 새롭게 하위층 여성들의 삶에 주목하고 있다. 그녀에게 여성은 이제 단수가 아닌 인종이나 국가, 계층을 달리하는 복수로 존재하는 셈이다. 그렇다면 김현이 들여다본 국제결혼 이주여성 '보파'(「장미화분」)나 평생 물질을 하며 살아온 '잠녀'(「숨비소리」)의 삶이란 어떤 모습인가. 그것은 살아남기 위해 분투해 온 그야말로 혹독한 생존기이며, 이 생존의 서사는 고스란히 피착취의 역사이기도 하다. 자본주의와 공모한 가부장제 치하에서 하위층 여성들은 단 한 번도 자기 생의 결정권을 행사해 본 적이 없으며, 오로지 가족의 원만한 유지와 재생산을 위해 삶이 헌납되었다. 스무 살 남짓 보파가 생면부지 한국 남자 치덕과 결혼해 "존재 자체를 부정"당하는 이주의 현실을 사는 것이나, 잠녀가 열한 살 이후부터 주어진 일생의 절반을 바다에 몸을 담그며 "죽음보다 더한 절망과 고통 속을 헤맬 때도 바다에 떠 있"을 수밖에 없었던 연유란, 이네들이 자기 욕망을 삭제하고 아비에서 남편으로 양도되는 삶을 강요당한 까닭일 것이다. 제대로 분노하거나 절망할 틈도 없이 마치 비현실적인 "잔인한 영화" 같은 나날을 살아온 이들에게 김현은 조심스럽게 말을 건네며, 그들에게 목소리를 돌려주고, 낮은 목소리로 전해지는 이들의 이야기를 듣고자 한다.

그러나 김현이 받아쓰는 보파나 잠녀의 구술사는 단지 희생의 서사가 아니며, 기록자의 동정이나 연민으로 착색된 섣부른 윤리적 서사도 아니다. "상처"와 "고통"으로 비틀린 삶이지만 그네들에게 "먹고사는 일은 어떤 것보다 중요하고 숭고"한 것이었으며, 이는 온몸으로 치열하게 삶을 겪고 돌파해 온 이들만이 터득할 수 있는 생의 감각임을 김현은 겸허하게 납득한다. 그리하여 작가는 이 "먹고사는 일"의 엄중함을 무던히 믿으며, 비루한 현실이 유발하는 통증을 절망이 아닌 강렬한 열망으로 번역해 온 여성들로부터 희망을 독해하고 있다. 「장미화분」의 보파가 "가장 어둡고 추운 새벽에 최상의 향기를 낸다"는 장미 씨앗을 심고 가꾸는 장면을 소설이 클로즈업하는 것은, 비록 여리고 옅으나 어둠이 보유하고 있는 밝음을 작가가 읽어내기 때문일 것이다.

하루 중 가장 어둡고 추운 새벽에 최상의 향기를 낸다는 크로아티아 장미. 최고의 장미를 얻기 위해 사람들은 혹독한 추위를 견디며 작업을 한다지. 한국으로 오기 전날, 엄마는 가방 속에 넣어 둔 씨앗을 보고 그까짓 것을 왜 가져가느냐고 말렸지만 나는 고집을 부렸다. 씨앗은 몇 개 되지 않는 내 것 중의

하나였다. 치덕의 집에 도착해서도 나는 제일 먼저 씨앗을 심을
화분부터 구했다. 정성 들여 장미 씨앗을 심고 햇볕이 가장 잘
드는 곳에 화분을 두었다.

―「장미화분」

잠녀가 바다에서 나고 죽은 이들을 위한 진혼굿을 치른 뒤 바
다로 깊이 자맥질해 들어가는 「숨비소리」의 마지막 장면 역시
비극적 결말로 읽을 수 없다. 평생을 물질로 살아온 잠녀에게 바
다는 죽음의 자리가 아니라 "절실한 삶의 터전"이고 "근원"이며
"생존 그 자체"이자 "어머니의 품속만큼 따뜻"한 고향인 것이다.
한 치의 추상이나 관념을 불허하는, 언제나 "삶의 한복판"이었던
바다로 들어가는 잠녀의 마지막 결행은, 그러니 삶을 포기하는
행위가 아니라, 자신이 살아온 생에 대한 가장 완전하며 숭고한
긍정일지 모른다.
　보파와 잠녀들이 다시 쓰는 이 역설적인 밝음의 서사는 가족
주의를 이탈한 새로운 결연을 통해 더욱 힘을 얻고 있다. 남편
치덕과 결별하고 돈을 보내라는 캄보디아 가족들의 요구를 거
절하는 「장미화분」의 보파는, 나서 처음으로 가족/가부장의 욕
망이 아닌 자신의 욕망에 응답하며 어린 딸 수지와 더불어 삶을
꾸리기로 결정한다. 보파와 수지는 단순한 모녀관계를 넘어 서

로의 삶을 담보 잡고 있는 끈끈한 생명의 연대라 할 것인데,「숨
비소리」의 잠녀와 선희의 관계 역시 유사하게 읽힌다. 물질을 하
다 바다에서 죽은 친구를 대신해 어린 선희를 보살피고, 남편을
잃고 홀로 아이를 키우는 그녀에게 물질을 가르친 잠녀는 혈연
을 초월해 선희와 어미-딸로 맺어지고 있다. 보파와 수지, 잠녀
와 선희는 가부장 중심의 가족 질서 외부에서 '다른' 가족을 구
성하며 보파는 수지에게, 잠녀는 선희에게 가부장의 명령이 아
닌, 그들이 몸으로 익힌 생의 감각을 전수한다. 그것은 어떤 순
간에도 "살아 내야 한다"는 것, 포기하지 않고 절박하게 지켜야
하는 것이 삶이라는, 죽음보다 징한 생의 윤리인 것이다.

3.

　생산성/젊음이 지배하는 자본주의 사회에서 노년이란 쓸모가
다한 잉여인간의 표식이다. 노인은 이미 사용기한이 끝난 폐물
(廢物)과 같으며 사회적 홈리스들이고 그들을 위한 나라가 없는
영락없는 난민들이기도 하다. 생산과 소비를 지상과제로 삼는
사회에서 생산도 소비도 제대로 할 능력을 상실한 가난한 노년
이란 일종의 범죄와 같으니, 노인들은 살아 있어도 이미 죽은 자
들과 다를 바가 없다. 하위층 여성들의 고통에 연루되었던 김현

의 소설은 우리 시대가 양산하고 있는 산 죽음들일 노년의 삶과 다시 조우하며, 그들이 감당하고 있는 벌거벗은 생을 핍진하게 재현한다.

「소등」이나 「7번 출구」를 통해서 김현이 응시하는 노년의 삶이란 어떠한가. "일생 동안 가혹할 만큼 스스로에게 아무것도 해준 것" 없이 "자식들을 배불리 먹이고 교육시키는 데만 온 힘을 쏟고 살았"(「소등」)으며, 평생 "아버지, 가장으로서 흠잡을 데 없"(「7번 출구」)이 살아왔다고 자부했지만, 「소등」의 '노인'이나 「7번 출구」의 '상준'은 자식들이나 아내의 삶으로부터 끝내 퇴출당해 홀로 늙어가는 나날을 버겁게 견디고 있다. 가족도 집도 잃은 이 남루한 노년들을 용납하는 처소란, 요양병원이나 입장료 천 원의 해방구인 콜라텍이 전부. 노인들은 집단수용소와 같은 요양병원에 갇혀 "한 평의 침대에서 밥을 먹고 잠을 자고 슬퍼하고 지루해하며 하루를 버텨내"고, 생명의 기운을 소진해 가듯 이름이 사라진 익명의 존재들이 된다. 마치 수인번호 같은, 혹은 시체안치실에 보관된 주검의 번호 같은 "9호", "11호", "14호"로 지시되는 그들은 이미 삶을 결정할 권리를 박탈당하고 타인들에게 생사의 처분이 넘어간 비인간들이기도 하다. 살아서 나가는 곳이 아니라 죽음을 기다리는 장소인 요양병원의 노년들은 필립 로스의 비유처럼 현대판 홀로코스트인지도 모른다.

삶의 세계에서 내쫓겨 산자도 죽은 자도 아닌 채로 연명하고 있는 노년들의 현실에 주목하면서도, 김현은 결코 이를 부동의 현실로 승인하기를 거절한다. 보파와 잠녀의 신산한 삶에서 열렬한 생의 의지를 간파하듯이, 작가는 말년의 생을 사는 이들을 통해서 죽음이 아닌 삶을 향한 여전한 욕동(慾動)을 읽어 내고 있다. 가령 「소등」의 노인은 죽음이 삶보다 흔하고 주검이 일상처럼 무감하게 처리되는 요양소에서 생애 처음으로 남편이나 자식이 아닌 '자기'에게로 시선을 돌려 내면에 고인 슬픔을 들여다보면서, 다른 누구도 아닌 자신의 행복을 묻는 것이다.

자신이 목숨 걸고 지키려 애썼던 울타리 안에서 아들과 딸은 행복했을까. 그렇다면 자신은? 아무리 아프거나 슬퍼도 스스로를 돌아보지도 않고 모른 척했다. 자신을 위로해 주지도, 사랑해 주지도 않았다. 일생 동안 가혹할 만큼 스스로에게 아무것도 해 준 것이 없다는 자각이 들었다. 가슴속에 시커먼 먹물이 차오르는 느낌이었다. 노인의 흉중만큼 밤이 깊어질수록 어둠도 깊어졌다.

— 「소등」

"어린 자식들이 자라고 나면 어디든 훌훌 털고 가고 싶었"으나 이제 수인처럼 요양소에 갇혀 반(半) 주검으로 내쳐진 자신을 응시하며, 노인은 억척어멈의 일생 속에서 언제나 어머니 아닌 인간은 소등될 수밖에 없었던 어둠의 시간을 아프게 성찰한다. 가족을 지키려 분투했으나 정작 자신을 야박하게 방기해 왔고, 자식들의 꿈을 이루기 위해 스스로의 소망은 가장 나중으로 미뤄 두었던 지난 시간을 떠올리며, 노인은 처음으로 자신의 삶을 위로하고 다독인다. 그러므로 「소등」의 노인에게 요양소는 더 이상 죽음을 대기하는 최후의 수용소가 아니라, 어미가 아닌 개별자로 다시 태어나 새로운 삶을 점등하는 출발의 장소가 되는 것이다.

노인은 마치 걸음마를 배우는 아가처럼 위태롭게 전등 스위치 곁으로 다가갔다. 스위치의 위치를 알려주는 빨간불이 규칙적으로 깜빡이고 있었다. 노인은 소중한 물건을 어루만지는 것처럼 살그머니 스위치에 손을 갖다 댔다. 따뜻한 온기가 손목을 타고 올라와 온몸으로 퍼지는 기분이었다. 불을 켜면 환자들이 깰까 봐 염려되었지만, 견딜 수 없는 어둠에서 벗어나고 싶었다. 노인이 스위치에 올려놓은 손에 힘을 주었다.

—「소등」

노년이 삶을 정리하고 욕망을 추스르며 죽음을 준비하는 시간으로 이해되고, 사랑 역시 젊음이 전유하는 특권으로 학습된 우리 사회에서 노년의 욕망/사랑은 미담이 되기보다 노추(老醜)가 되기 십상이다. 김현은 「7번 출구」를 통해서 이러한 사회적 통념과 대결하듯 사랑하고 욕망하며 생동하는 노년의 삶을 적극적으로 그린다. "젊은 사람들 눈치를 보지 않아도 되는 시한부 해방구"인 콜라텍에서 "마치 블루스를 추기 위해 나이를 먹은 것처럼 정성을 다해 스텝을 밟"는 「7번 출구」의 노인들은 사회가 상상하고 요구하는 노년의 삶을 거절하며 상투적인 노년의 형상 안에 갇히기를 거부한다. 자식들을 위해 이른바 현명하게 처신하며 손자들을 살뜰히 돌보는 인자한 할머니나 할아버지가 되는 대신, 그들은 파트너의 손을 잡고 교태를 부리며 상대방을 유혹하고 애정을 갈망하는 남성/여성이 되기를 원한다. 이는 타인/가족을 위한 삶이 아니라 자기를 돌보는 생을 살겠다는 의지의 표현일 것이다. 자식들의 반대를 무릅쓰고 성사해 내는 상준과 선희의 결합 역시, 이 낯선 노년의 삶을 추문이 아니라 우리가 수락해야 할 엄연한 사실로 부조한다. 「소등」에 이어 「7번 출구」를 통해 김현은 노년이 종말을 향하는 시간이 아니라, 전혀 다른 삶을 구성하는 첫 시간임을 힘주어 긍정하는 듯 보인다. 때문에 그녀가 쓰는 노년의 서사는 낯익은 비애나 절망이 아닌, 이를 가로지르는 희망의 서사로 읽히는 것이다.

선희의 말에 용기를 얻은 상준은 갑자기 아들이 앞에 있는 것처럼 소리쳤다.

"그래, 나도 이렇게까지 하고 싶지는 않았지만 네가 정 두 사람 중에 한 사람을 택하라니 할 수 없다. 나는 이 사람과 남은 생을 보내고 싶다."(…) 어느새 노인들이 결혼식 하객처럼 상준과 선희 옆에 몰려들었다. 얼떨결에 상준은 주례 앞에 선 신혼부부처럼 선희의 손을 잡고 섰다. 누군가 딴, 딴, 딴, 딴, 딴, 딴, 딴, 따아안…… 하고 선창을 하자 모두 입을 모아 결혼행진곡을 따라 불렀다. 상준은 무슨 일이 있어도 놓지 않겠다는 듯 선희의 손을 힘주어 잡았다.

"이제부터 두 사람이 부부가 되었음을 선포합니다."

빨간 티셔츠 할아버지의 결혼 선언이 끝나기 무섭게 홀이 떠나갈 듯 박수가 터져 나왔다.

—「7번 출구」

4.

지그문트 바우만은 선택하는 것이 이야기의 사명이며, 배제를 통해 포함시키고 그림자를 던짐으로써 비추는 것이 이야기의 속성이라고 말한다.[3] 밝음과 어둠을 선택하고 분배하는 것이 이야기라면, 김현의 소설은 지금, 이곳의 세상사를 구성하는 밝음/어둠을 의도적으로 역전함으로써 태어나는 역행의 서사인지도 모른다. 밝음을 어둠 속으로, 어둠을 밝음 가운데로 다시 배치함으로써 보던 것만 보지 않고 보이지 않던 것을 보도록 하는 것, 이는 아마도 모든 정직하고 온전해지려는 서사의 공통 문법이기도 할 것이다.

이 문법을 따르는 김현의 소설은 우리 사회가 어둠 속으로 내몰았던 하위층 여성들, 가난한 노인들을 재조명한 데 이어, 「녹두 다방」을 통해서는 잊힌 광주의 기억을 되비추고 있다. 시대의 망각을 거슬러 작가는 마치 "감당할 수 없을 정도로 맹렬하고 끈질"긴 통증처럼 남아 있는 80년 5월의 광주를 불러오고, 그 참담한 역사가 누구도 피해갈 수 없는, 우리 모두가 연루된 비극임을 환기한다. 20년이 더 지났으나 진압군으로 투입되었던 설 대위와 한 대위는 미친 역사가 몸과 정신 깊숙이 새겨 넣은 광주의 상처로 인해 제대로 된 삶을 살지 못하며, 하여 이들에게 광주는 이미 지나간 과거가 아니라 언제나 생생하게 되돌아오는 현재가 된다.

---

3) 지그문트 바우만, 정일준, 『쓰레기가 되는 삶들』, 새물결, 2008, 41쪽.

이 흘러가지 않는 시간을 탐조하는 것, 달리 말해 폭력이 행사하고 관리하고 길들이는 모든 밝음/어둠의 배치를 교란하고 해체하고 전혀 다른 배치로 바꾸어 내는 것. 소설집『장미화분』을 통해서 김현은 이것이 비상(悲傷)의 글쓰기를 넘어 자신이 이른 혹은 이행하고 있는 다른 글쓰기임을 보여주고 있다. 슬픔과 고통이 세상의 폭력을 증험하는 데 그치지 않고, 그 폭력을 벼리는 힘이 되는 어떤 서사적 출구를 그는 발견한 듯 보인다. 여성-되기를 길고 아프게 통과한 이후 김현이 도달한 이 글쓰기는, 또한 어쩌면 백 년 전 버지니아 울프가 미래의 여성작가에게 도착하기를 열망했던, 여성이라는 사실을 잊은 여성이 되어 온전히 여성을 쓰는 글쓰기를 이제 그녀가 시작했음을 알리는 반가운 신호인지도 모른다. 세상의 속도를 탐하기보다 그것을 역행하며, "시대적인 요청"을 따르기보다 "시대"의 "조류"(「연장」)를 거스르면서 이 힘겨운 글쓰기를 결행하고 있는 김현의 모험을 지지하며, 부디 그가 지치지 않고, 아니 더욱 열렬하게 이 만만찮은 모험을 수행해 갈 수 있기를 못내 기대해 본다.

요즘 나에게 가장 큰 재미를 꼽으라면 집 뒤에 조성된 산책로를 걷는 일이다. 일주일에 서너 번 걷는데 주로 오전 중에 이 즐거움을 누리고 있다. 왕복으로 한 시간 반 정도 걸리는, 멀지도 가깝지도 않은 딱 좋은 거리다.

산으로 진입하는 길이 제법 가풀막져서 몇 번씩 걸음을 멈추고 쉬어 가야 하지만, 언덕만 넘어서면 바로 평편한 길이 펼쳐진다. 철마다 다투어 피는 들꽃도 아름답고 흙길 양쪽으로 죽죽 뻗어 있는 나무 사이로 들리는 바람소리도 듣기 좋다. 특히 편백나무 숲 속을 걸을 때면 마음이 고요해지며 내가 치유받고 있다고 느껴진다. 살아 있는 것이 더없이 감사하기도 하다.

지난해에 걸쳐 올해 가을까지 몸이 많이 아팠다. 몸뿐 아니라 마음까지 덩달아 피폐해졌던 기억을 떠올리면 지금도 가슴이 먹먹하다. 그러나 지나고 나서 생각해 보니 아픈 것이 꼭 나쁜 것만은 아니라는 생각이 든다. 곁에 가족이 있다는 사실이 얼마나 감사한 일인지 새삼 깨닫게 되었다. 뿐만 아니라 고통을 통해 진정 소중한 것이 무언지 알게 되었으니 억울할 게 없다.

이번에 묶은 일곱 편의 작품은 대부분 발로 뛰어 얻은 글들이다. 좀 더 근사한 작품으로 만들어 내놓고 싶었는데 마음먹은 대로 되지 못했다. 이렇게 또 덜 여문 채로 세상에 내보낸다. 부디 편백나무 바람 한 점 만큼의 의미가 된다면 더 바랄 것이 없겠다.

책이 나올 수 있도록 도와주신 모든 분들께 깊이 감사드린다.

2012년 겨울

김현